無共鳴年代

隱地著

爾雅出版社印行

隱地藏史

——綜述隱地

蕭蕭

隱地藏史的歷史發現

隱地（柯青華，一九三七—），祖籍浙江永嘉，出生於上海，七至十歲成長於崑山，一九四七年十月來到臺灣臺北，一生的文學志業從此與臺灣繫連緊密，這句話也可以反過來說，臺灣的文學事業（至少二〇世紀五〇—九〇年代）與隱地緊密繫連，留下美好紀錄。

一九五二年十月，十五歲的隱地開始寫作、發表作品，中學畢業後就讀政工幹校（今國防大學政治作戰學院）新聞系（一九五九—一九六三），三十六歲以前他的職涯與他就讀的學校相關，三十六歲以後他的工作卻只跟他就讀的科系有所互動，而且單純到只有三項：編輯、寫作、出版。四十歲以前，他擔任過《純文學》助理編輯、《青溪》主編、《新文藝》主編、《書評書目》總編輯，四十歲以後他只單純擔任「爾雅出版社」發行人（爾雅出版社創設於一九七五年七月（隱地三十八歲），全職、專業，一心一意，主持爾雅出版社社務，所謂社務，正是他一生志趣之所在：編輯、寫作、出版。這樣全職、專業的出版人，造就了隱地個人一生的文學成就，當然也為臺灣文學的輝煌增添了許多光彩。

根據隱地最新的一本散文集《美夢成真——對照記》（爾雅出版社，二〇一九），書末所編製的〈隱地書目〉，他將一九六三年出版《傘上傘下》作為自己出版書籍的首發點，以十年為度，分為六個十年，第一個十年（一九六三—一九七二）出版五部書，以後逐次增加，一九七三—一九八二年七部，一九八三—一九九二年六部，一九九三—二〇〇二年九部，二〇〇三—二〇一二年二十部，二〇一三—二〇一九年十六部（持續增加中），若是，《美夢成真——對照記》就是第六十三部作品。隱地還將所有的作品加以分類，小說、評論、散文、詩是最基本的文類，但在歸屬細目上，隱地還有雜文、隨筆、遊記、哲理小品、自傳、日記、序跋、札記、文學史話、書話、電影筆記、文壇憶往等標記，如果依據鄭明娳（一九五〇—）的散文類型論，這些雜文、筆記者，都應該納入「散文」類型。[1]所以，六十三部作品中，小說四部，詩七部（含選集），評論一部，其餘五十一部都屬於廣義的散文型。散文是隱地創作的最大宗，從二〇〇八年至今研究隱地的六篇碩士論文，除孫學敏外，幾乎都以其散文為主要範疇：孫學敏〈存在與超越——論隱地的詩歌世界〉[2]，蘇靜君〈爾雅張潮日——隱地散文研究〉[3]，吳似倩〈種文學的人——隱地及其散文研究〉[4]，劉欣芝〈隱地及其作品研究〉[5]，林雪香〈隱地的散文創作觀及其實踐〉[6]，陳怡君〈隱地及其出版事業研究〉[7]。

因此，隱地研究資料彙編的工作，自然聚焦在這五十一部散文作品。

散文以不押韻、不對仗，與「詩」相對。散文以「真實」「自我」的特質與「小說」的「虛構」「他人」相對。散文理論家鄭明娳認為「在文學的發展史上，散文是一種極為特殊的文類，居於『文類之母』的地位。」她認為原始的詩歌、戲劇、小說，原來也是以散文文字敘寫，後來各自發展個別的結構、形式，逐漸成長成熟，逐漸定型，因而有了各種不同的文體。對於這種文類之母的散文的實質內涵，她曾經提出三種要求：

一　內容方面的要求：必須環繞作家的生命歷程及生活體驗。

二　風格方面的要求：必須包含作家的人格個性與情緒感懷。

三　主題方面的要求：應當訴諸作家的觀照思索與學識智慧。

隱地的散文正是「環繞」隱地的生命歷程及生活體驗、「包含」隱地的人格個性與情緒感懷，「訴諸」隱地的觀照思索與學識智慧。顯然，隱地的散文，完全符應鄭明娳的散文規格。也就是說，隱地的散文，個人色彩十分濃厚，再加上隱地的出版事業，時代的特徵極為明顯，因此，仿鄭明娳的語氣，對於隱地，或許還可以增加第四種要求：

四　時空方面的要求：應當呈現作家的客觀見聞與銳意互動。

這四項散文要求對隱地而言不是要求，而是特色的展露，完全達成一個「新聞系」畢業生的職業敏感、速度追求、時事搭配與史識鑑別，所以，我們可以用「隱地藏史」四個字，作為隱地一生寫作的聚焦點與評價平臺。

「隱地藏史」，最早使用這四個字的是陳憲仁（一九四八—），他與隱地先後獲得行政院新聞局最高出版榮譽的「特別貢獻獎」。民國九十九年隱地獲得特別貢獻獎的贈獎詞中，提到爾雅出版社長年為作家建立了許多文字和影像的資料，為文學史厚積資訊，但陳憲仁認為：「他出版於民國五十六年的《隱地看小說》，早已為那一代的作家解讀作品、著說立傳了，《我的書名就叫書》、《作家與書的故事》越來越明顯，當代的文學書籍與作家一一出列，而《愛喝咖啡的人》、《翻轉的年代》、《出版心事》，觀照層面不再是一家一書而已，從此整個文壇鋪陳在他的眼前，整個時代的文風隨著他的筆四處飛揚，甚至於一九五〇年代、一九六〇年代、一九七〇年代、一九八〇年代，縱線的文學史亦逐漸浮現，終而從一九四九至二〇〇九年的文學記年、記事、記人，系列呈現，近六十年的臺灣文學史料，從點到線到面，終至整個文壇、整個時代，於焉於此。」這段話語就以「隱地藏史」為題。[8]

陳憲仁說這段話的時間點是二〇一一年六月十日暨七月二十三日明道大學舉辦的「隱

地與華文文學兩岸三地學術研討會」第二階段的發言，那時，隱地的「年代五書」尚未撰寫，卻被憲仁預料到了，果然二〇一六年七月《回到七〇年代》等系列五書、鎖定在「文壇憶往」的《五十年臺灣文學記憶》在兩年間出齊。緊接其後，《帶走一個時代的人》、《大人走了，小孩老了》的感慨書寫，仍然承續這種悼往、懷人、記事、存史的筆調，為臺灣記住文學，為文學記住我們曾經走過的時代。

隱地藏史的散文書寫

究天人之際，通古今之變，成一家之言，這種「文史哲」不分家的理路，一直是傳統文人、史家，如司馬遷者所推崇的，因此，陳憲仁「隱地藏史」的核心論述原不足為奇。但早於陳憲仁「藏史」的說詞，一輩子行文、行事充滿浪漫主義色彩的林文義（一九五三—）也以〈微型文學史〉評述隱地《遺忘與備忘》散文集是一部橫越戰後至今（一九四九—二〇〇九）的文學年記，是歲月與青春之書，是過去文學風雲的留影和印記。林文義甚至於將這本散文集與葉石濤（一九二五—二〇〇八）的《臺灣文學史綱》、陳芳明（一九四七—）的《臺灣新文學史》相比評，認為這兩冊史書偏於史料或學術，「隱地的新書則是極富人間性格的款款道來，用筆之初心良意卻以感知、抒情的散文形式呈現。」[9]隱地不以史書規格為文，卻有著史書的架式和高度，兼具文學的滋潤與親切，邁向「通古今之變，成一家之言」的文史大宗師之路。林文義，徹頭徹尾的浪漫主義者，情味重於一切的散文家，卻早早發現了隱地的史眼、史才、史識、史觀。

「年代五書」各有小標，《回到五〇年代》是「五〇年代的克難生活」，其他各書依次是「六〇年代的爬山精神」，「七〇年代的文藝風」，「八〇年代的流金歲月」，「九〇年代的旅遊熱」，這樣的小標是「一句史」，是歷代正史裡最精簡的評斷語，有如《春秋左氏傳》的「君子曰」、《史記》的「太史公曰」、《漢書》的「贊」，《後漢書》的「論」，《三國志》的「評」，一句到位。

「年代五書」以及其後的《帶走一個時代的人》、《大人走了，小孩老了》、《美夢成真——對照記》，隱地都以一貫的斷代、繫年的方式在書寫，對於隱地這種獨樹一幟的「繫年」寫法，美國紐約市立大學廣電傳播系碩士、世新大學口語傳播系教授的亮軒（馬國光，一九四二—）曾以「另類文史」稱之，根據亮軒的觀察與比對：「歷代繫年體作品，大多以史筆自許，不作貶褒，更無個人性情。」他舉例說中國百餘年來屢受列強欺凌，郭廷以的《百年日記》[10]也未曾透露個人喜惡。但隱地的年代系列不避個人性情，讀來彷彿可以跟作者共同經驗活生生的一個時代又一個時代，有著繁華歷盡，滄桑易老，至終竟有不勝凋零之感。所以他的結語是：「隱地以史筆為基礎骨架，以文學筆法注入靈魂血淚，引發讀者重入現場，有史家之周延，有作家之性靈。」[11]

亮軒，是一位能將人生經驗、厚重經典，透過如珠的妙語，化為綿綿不絕生命力注入讀者心靈，彷彿醇酒香氣經久不散的作家，他的讚語將隱地的史筆散文推向一個類經典的亮麗位置。

與隱地、亮軒略同時代的張素貞（一九四二—），以〈卻顧所來徑〉為題，一起「回首文學人美好的七〇年代」。[12]周昭翡（一九六五—）曾主持正中書局、《中央日報・副刊》、《聯合文學》、《印刻文學生活誌》的編輯檯工作，面對隱地的「年代五書」《五十年臺灣文學記憶》，她說：「遇見一本書，看見一個時代」，她以女性的細膩、文青的崇敬，這樣看待：「既是生活的、又是文史的，間或蒐錄如實呈現所談及篇章的雜敘方式，彷彿過往多次跟隨隱地先生閒話家常，然後看他從記憶之篋中翻找出珍稀之寶，在偶然與必然之間看一本又一本與書相遇的故事。」[13]

周昭翡最後的定調：「我們在其中尋找、觀看並安頓自己。」隱地大約沒想到自己所追憶的過往、書桌的一角，文學出版的瑣記，對那未能共時經歷的讀者卻也有身心安頓的作用。

周昭翡不一定親履隱地所處的一九六〇、一九七〇年代，大陸的學者對臺灣文壇必然有著先天性的隔閡，但是我們看到黎湘萍（一九五八—）所寫的文章，是以〈隱地的時間〉為題，清晰地拉出一條時間的縱軸線，娓娓敘說隱地的生命歷程，他說：「閱讀隱地，對我而言，也是在通過隱地筆下的特殊觀察和思考來閱讀臺灣文學的時間，成為臺灣文學史的一部分，而這一部分，將促使人們不斷地改變臺灣的、及至整個中國的文學地圖。」[14]

黎湘萍擴大了隱地由自己書桌所發展出來的文壇瑣憶的影響，可能改變臺灣、及至整個中國的文學地圖，這正是隱地藏史之散文書寫的精神所在，魅力所聚。

隱地藏史的出版推湧

爾雅出版社是隱地個人意志貫徹到底的出版社，因此，爾雅出版品細項研究可以見識到隱地藏史的心路歷程及其意向。

歷年來研究隱地的碩士論文一共有六冊，隱地選擇了林雪香的〈隱地的散文創作及其實踐〉，出版為《散文隱地》（爾雅出版社，二〇一四），陳怡君的〈隱地及其出版事業研究〉則原貌而即時出版，顯然他對自己的散文寫作與出版工作賦予更多的關注。在陳怡君的《隱地及其出版事業研究》（爾雅出版社，二〇一二）論文摘要中即已提及「民國動亂史的記憶書寫，記影留名的各文類叢書，出版品在同業中更顯出濃厚的『歷史味』。爾雅出版社擁有豐富的別集與選集，與臺灣文學史之間，形成連繫脈動，其中不乏出版人慧眼獨具的文學眼光。『年度文學選集』的出版，在文學史上更具開創性的意義。」此一「隱地藏史」的出版特色，具體實踐在書中的細節小目裡：「豐茂多姿的文學史料」、「為歷史文化苦難的中國銘刻記憶」（見第三章「爾雅出版社的出版品特色」）、「與史對話的文學選集」（見第五章「爾雅出版社與臺灣文學」），先依據陳怡君論文脈絡分述三點，再論述日記散文的推廣，合為本節「隱地藏史的出版推湧」之四個浪潮。

一　豐茂多姿的文學史料

所謂「豐茂多姿的文學史料」，最早是分散顯現在爾雅叢書裡個別作家的作家介紹、作家年表。這是爾雅叢書的出版特色，增加當代人對作家的了解與親切感，提供後人對作家研究的基本資訊與方向，顯現隱地對「人」的尊重，對「史」的依賴。

其後則出現在各種規畫出版的書目上，如邀請現代文學資料掌握豐富的應鳳凰（一九五〇—）主編《作家書目》、《作家地址本》，延續隱地主編《書評書目》雜誌時設計發行的《書衣》、《書友》理念。這樣的書目繼續編撰的是《爾雅》、《風景》、《書目一二三》、《書的名片》、《爾雅書目》、《爾雅30．30爾雅》，而且列入叢書中贈送、出售，書目也可成書，成為出版史上的另類奇蹟，頗似民間版、爾雅版的《四庫全書總目提要》，正可搭配隱地獨創的「書話散文」，形成散文特殊文類裡重要的一支。

其他文類上，隱地選擇邀請臺灣現代詩發展的火車頭、活字典張默（張德中，一九三一—）編選《臺灣現代詩編目》、《當代臺灣作家編目（爾雅篇）》的書目，各類男女詩人選集如《剪成碧玉葉層層》、「年度詩選」等，都留下重要的歷史憑依。

其次是作家資訊裡的影像留存，除了個別書籍上所附的3×5、4×6照片，爾雅另有三冊專書，謝春德攝影的《作家之旅》（一九八四）、徐宏義攝影的《作家的影象》（一九八六）、周相露攝影的《風采——作家的影象第二集》（一九八九），不僅為作家留下定時定格的歷史鏡頭，其實也為人像攝影師留下可以流傳的作品。在手機、臉書、網路尚未發達的時代，留存作家彌足珍貴的倩影、英姿。

二　為歷史文化苦難的中國銘刻記憶

隱地在一九四七年由父親接來臺灣，不識字但懂事的十歲孩子，已經深刻觀察時代的苦難，思索人生的悲喜哀樂，在這樣的成長過程裡，他始終好奇：國民政府如何失掉大陸？大陸十年文革為何發生？因此，在他出版的視野中，他有著嘗試找到答案的歷史探索的好奇心。

一九七六年爾雅出版了老兵張拓蕪（張時雄，一九二八—二〇一八）的《代馬輸卒手記》，五年內出齊了「續記」、「餘記」、「補記」、「外記」等散文集，造就了張拓燕從無藉藉名的老兵一躍而為十大散文名家，寫史、記史的角度不再以廟堂、朝廷為唯一的象限。這樣的老兵故事，其後有金門人黃克全（一九五二—）的詩集《兩百個玩笑》（二〇〇六）為其後盾，其副標清楚標示「給那些遭時代及命運嘲弄的老兵」，「超現實主義」詩人洛夫（莫洛夫，一九二八—二〇一八）為這部「現實主義」的詩作寫序，說這兩百個有名有姓的老兵故事，形成一部向命運嗆聲的「史詩」，沒錯，「史詩」，隱地的出版事業，企圖編織成一部向命運嗆聲的「史詩」！

隱地的《漲潮日》（二〇〇〇）是個人成長的傳記散文，隱藏在爾雅叢書中，但還是被研究生靈敏發現，據以寫成碩士論文〈爾雅漲潮日——隱地散文研究〉（蘇靜君，南華大學文學系碩士論文，二〇〇八），其後，爾雅還出版一些隱藏在叢書中的自傳型散文與兩岸觀察，桑品載的《岸與岸》（二〇〇一）、王書川的《落拓江湖》（二〇〇一）、余之良的《我向南逃》（二〇〇二）、朱介凡的《百年國變》（二〇〇四）、《改變中國的一些人與事》（二〇〇六）……相類近的史傳散文，還包括大陸虹影的《飢餓的女兒》（一九九七）、陳丹燕《上海的金枝玉葉》（一九九九）、《上海的紅顏遺事》（二〇〇〇）、張秀文《貝多芬的中國女僕》（二〇〇四）……這些自傳或他傳，小記或記事類型的作品，都有一絲隱約的「史」之軸線貫穿其中，都透露著斷代卻繁雜的演義情節。

特意為苦難的中國銘刻記憶，可以跟齊邦媛教授（一九二四─）《巨流河》（天下遠見出版公司，二〇〇九）、龍應台（一九五二─）《大江大海一九四九》（印刻文學出版公司，二〇〇九）並駕齊驅的大部頭著作，要數王鼎鈞（一九二五─）的回憶錄四部曲《昨天的雲》（二〇〇五）、《怒目少年》（二〇〇五）、《關山奪路》（二〇〇五）、《文學江湖》（二〇〇九），雖然王鼎鈞的作品在爾雅的出版天空已是昨天的雲，但關山奪路的大時代、大動亂記憶，仍然可以歸屬於隱地對「人」的尊重，對「史」的倚賴的出版方針。爾雅版的回憶錄四部曲書前都有這樣的推薦語：「成長是有聲音的。中國人是可歌可泣的民族，抗日戰爭和國共內戰……流血成河的年代已經遙遠，我們的子孫不該全部忘記，一個沒有歷史沒有愛恨的民族，他的子民會活得沒有方向。」

三　與史對話的年度文學選集

年度文學選集是隱地浪漫心境與出版魄力的合成展現，最初是民國五十八年第一本年度小說[16]，由此橫跨三十七年共三十四冊，直到九一年截止。中央研究院院士王德威（一九五四─），美國哈佛大學東亞語言與文明系教授，也是比較文學及文學評論學者，他在《典律的生成（第一集）》（爾雅出版社，一九九八）坦言：「爾雅年度小說選未必在臺灣文學界占據主導的位置，每年的出版也不能產生煽風點火的聳動效應。但這無礙它作為現代文學典律的重要參考。」

其後，爾雅版「年度詩選」出版十集（《七十一年詩選》至《八十年詩選》），「年度評論選」也出版了五集（《七十三年文學批評選》至《七十七年文學批評選》），「年度詩選」後來由現代詩社、創世紀詩雜誌社、臺灣詩學季刊雜誌社、二魚文化公司等先後接手，延續至二〇一八年戛然而止，其艱辛可知，如果不是隱地個人的歷史癖好，文學典律的形成或許還在散漫、游移的狀態中，缺少可觀的板塊。由此引申出來的各種爾雅選集，其實都有階段性文類成果的總檢驗效果，但繫年的、切片似的斷層掃描，其精密度自不待言。

比起年度文學選集的出版，更為精細的則是逐日記載的日記。

四　日記作為史材，原始而微細、精密而真實

詩人向陽（林淇瀁，一九五五—）主編《自立晚報・副刊》期間，曾在一九八四年策畫「作家日記三六五」專欄，每天刊登一位（當天生日）作家日記，向陽說：「『作家日記三六五』倒也頗像一艘出港入海的船，起初有港岸護衛，顧盼生姿，漸行漸遠，則風浪愈多，及其將至也，則舉辦維艱，幾乎難以順利終航。」翌年，一本厚達九百頁，作家群三六六位的《**人生船**：作家日記三六五》就在爾雅出版了，成為爾雅日記叢書的起錨本。

「人生船」中三六六位從耆宿到青壯，從臺灣到海外，他們寫於一特定時空的日記，卻反映了這一代中國人莫可奈何的悲歡、離合的實錄，為讀者提供繁華富美的人生視野。

二〇〇二年隱地率先出擊，「爾雅日記叢書」於焉開始，《2002／隱地》、《2003／**郭強生**》、《2004／**亮軒**》、《2005／**劉森堯**》、《2006／**席慕蓉**》、《2007／**陳芳明**》、《2008／**凌性傑**》、《2009／**柯慶明**》、《2010／**陳育虹**》，而後有《**日記十家**》的編著，作為作家日記第一階段的小結。其後，跳接到《2012／隱地》、《2017／林文義》（另有副標「私語錄」），或許正如向陽所預言「漸行漸遠，則風浪愈多，及其將至也，則舉步維艱，幾乎難以順利終航。」但是，在最新的散文集《**美夢成真**》的書末，隱地仍然豪氣萬丈地請大家期待，二〇二二年，隱地的第三本日記將出版。他說：「《漲潮日》是我的縱切面，而日記三書則是我的橫切面。」

隱地堅持書寫「史傳散文」，推薦「日記散文」，將「日記散文」列為爾雅出版的一個重要面向而勇於實踐，從二〇〇二、二〇一二、二〇二二日記，十年一截的橫切面，或許也再次見證了隱地文學作品裡不能寬解的歷史情結。

蕭蕭《父王．扁擔．來時路》三度易名在爾雅出版時，隱地以出版者的身分曾說：

「一本書，爾雅出版社願意一再更換書名，重新發行，因為此書是蕭蕭的少年自傳，等於是朝興村的村史，一步一腳印，值得每個在臺灣農村長大的孩子回憶珍藏。」年輕學者陳怡君據此判斷：「爾雅出版社有不少類似《父王．扁擔．來時路》這類不單單僅是個人傳記，並涵括『記錄歷史』功能的出版品，隱地對這類『文史合一』的書籍，經常表露較多的關注。」[17]

「隱地藏史」，似乎已是公認的事實。

隱地無隱的人格特質

「隱地無隱」四個字來自於張春榮（一九四五—）的散文標題（曄曄青華，隱地無隱），這是他為林雪香《散文隱地——隱地散文創作觀及其實踐》所寫的序文。張春榮對隱地的觀察：「隱地常青的生命之姿，來自於對自己、對人、對人生、對人性的真誠凝視，以生活為柴薪，以文學為火種，化軟性為感性，化硬性為知性，化主觀為客觀，化客觀為達觀，展現從容的優雅。」[18]這幾句「主觀→客觀→達觀」的人格特質描述，或許正足以說明隱地無隱而能存真記史的個性，造就散文書寫的特質與風格，也樹立爾雅出版社特立獨行、獨樹一幟，與史結合的亮眼招牌。

「樹，無疑是隱地身影的最佳寫照」，張春榮說：「尚青的綠樹，向上向光，進而成為隱地心靈的象徵。」他引述隱地自己在〈日記是開啟記憶的鑰匙〉所說的話：「人最好的狀態是保持像樹葉一樣的綠，陽光下，樹葉綠著．暴雨襲擊下，它仍然亮光光的綠著，冬雪來了，就算綠葉轉黃，甚至離枝而去，等春天來臨，綠芽兒又冒出來了，油亮亮的綠葉，又在微風中舞蹈。」[19]

林貴真（一九四一—）選擇跟這樣的「樹」生活一輩子：

直挺挺的主幹　枝枒橫出　綠油油的葉子　隨風招展　實在好看
這讓我想起我家男主人隱地
像極了那根直挺挺的主幹　耿直　簡單　穩健　低調
不論文學事功或家庭生活

研究所時代就跟隱地在《書評書目》雜誌寫文學評論的陳芳明（一九四七—）在自己的散文集《昨夜雪深幾許》（印刻文學出版公司，二〇〇八）提到讀隱地作品時，有著〈青春是一張蝕破的葉〉的感慨，但在文末他承認：「回想時，他是一株大樹，為我抵禦，為我庇蔭。他在我生命中創造的文學記憶，都讓我牢牢記得。」[20]不算是青春期就熟識的小說家王定國（一九五五—）難得寫散文，他在《探路》（印刻文學生活雜誌出版公司，二〇一七）裡說起有一回深冬，隱地建議他去買極小盒、扁扁、四方長形、封面紅紅綠綠色的沙丁魚，吃起來有一種幸福感。他則覺得，不再年輕以後，「這種溫暖的叮嚀也算是文學的滄桑」。[21]

齊邦媛教授引述隱地在《漲潮日》絮絮叨叨對父親的心意表白：「我要在我們家失敗的地段裡站起來……我也是外表軟弱的人，但我有自己骨子裡的堅持……只是漲潮日要在你離世後這麼久才出現，父親，我們感覺對不起您。」豁然了悟於自己晚年寫成的《巨流河》，「讓我那相信自己只能與草木同朽的父親和他那一代的人，在無形卻是有形的生命長河裡，也有他的漲潮日？」[22]

耿直、穩健、低調、堅持，隱地無隱的個性，如實記錄他的挫敗、家族的挫敗、時代的挫敗，如實光揚他的成就、臺灣的成就、文學的成就。無隱，所以能在文學作品中「藏史」。

隱地無隱的小說前跡

章亞昕（一九四九—）於二〇〇三年完成《時光中的舞者——隱地論》（爾雅出版社），扉頁上印著一句話，說的當然是隱地，十分傳神：

> 時光中的舞者
> 把坎坷的人生舞成抑揚的音樂！

在《時光中的舞者》這本書中，他將隱地的一生分成四期：一、青春期與小說時代，二、揚帆期與廣義的散文時代，三、巔峰期與狹義的散文時代，四、知命期與詩歌時代。今日看來，八十二歲的隱地仍在創作，二〇一九這一年他就出版了兩冊藏史性的史傳散文《大人走了，小孩老了》、《美夢成真》，而且預言將要出版「日記三書」的第三部：《２０２２／隱地》。所以，應該延伸出第五期，是既能順應自我的內在心靈，不自覺的反應，這種投射而出的舉止也不會破壞社會外在的規矩，這時期，循章亞昕既有的語境，或可稱之為「從心期與專業的史記散文時代」，這一時期即是他自訂的「第五個十年」加「第六個十年」的開始，日記《２０１２／隱地》剛出版的時候，隱地已經結束前期的新詩創作，專心記錄文學出版、文化發展的輝煌過往，在「手記散文」之後，肆意發展他的「日記散文」、「史記散文」的專業期。

「小說時代，是一個關鍵的起點。」章亞昕在〈青春期與小說時代〉這一節裡強調小說、青春期之所以重要，在於確認了寫作的意義：其一「寂寞中的言說」：訴說家中的慘劇；其二「苦難中的掙扎」：指出寫作為自己帶來出路。章亞昕所指稱的其實就是，隱地的小說是另一種自我苦難的坦露，是以「小說家言」作為「遮蔽」，其實是隱地自我的「敞開」，看似「虛構」的小說，其實是隱地自己的「現實」。《隱地極短篇》（一九九〇）的封面有兩個小標註：「非小說」、「餐飲手冊」，足見隱地是既「遮蔽」又

「敞開」，遊走在「虛」、「實」之間。

詩人陳義芝（一九五三—）在初讀《隱地極短篇》時曾讚美「人生的光譜、社會萬象，都在一個銳利的鏡頭下顯影。」兩年後，陳義芝說：「不得不佩服由覓食這一行動鑑照人生的點子，具有創發精神，是帶著飽滿的藝術張力，是一次大膽的行獵——對準流動的人、流動的景、流動的時間和思考。」所以，《隱地極短篇》是隱地寫實地披露出他「對城市的愛與怨，對生命的迷與醉。」[23]

隱地在長篇小說《風中陀螺》中即坦言「我的想像世界，就是他（段尚勤，小說裡的人物）的經驗世界。」年輕學者楊晉綺引述法國文評家蒂費納．薩莫約瓦（Tiphaine Samoyault, 1968-）言論，斷言「隱地在《風中陀螺》裡總匯、複述、追憶和重寫舊日『生命典籍』（詩歌、極短篇和隨想）塑成了小說裡極高的互文特性」。[24]亦即是，如果以「隱地藏史」、「隱地無隱」的中心旨意，看待他從早期到近期的大小篇幅的小說創作，仍然是貼身飛行！

隱地無隱的新詩後轍

隱地的詩集只出版了五部：《法式裸睡》（一九九五）、《一天裏的戲碼》（一九九六）、《生命曠野》（二〇〇〇）、《詩歌鋪》（二〇〇二）、《風雲舞山》（二〇一〇），另有一部個人詩選《十年詩選》（二〇〇四）。但是一個以散文為創作之大宗、以小說為創作之起步的作家，卻在五十六歲那年，瘋狂投入詩歌創作，自然在文壇上造成一股旋風。而且大多著眼在中年之後的隱地「不打算借助詩歌這一文體去抒發和外顯自己的情感，而決意要在詩歌中彰顯並闡釋自己人生感悟和生命沉思的『說理』功能。」[25]但年輕的大陸研究生孫學敏的碩論《存在與超越——隱地的詩歌世界》（爾雅出版社，二〇〇九），卻分別以「時間性」、「空間性」、「悖論性」的存在與超越，三個主要章目加以析論。毫無疑問，「時間性」與「空間性」正是敘事性散文的本質，貫穿在史傳散文的兩根軸線，換言之，後發的新詩書寫，其實也以「現實」的真、「歷史」的真，作為基本模式去發想，與隱地散文並無殊異。不同的是，詩意的發展隱地選擇了「悖論」，加強「悖論」的張力與強勁。但，「悖論」是什麼？

孫學敏說「悖論（Paradox）是指貌似自相矛盾甚至荒謬、但細察卻見矛盾雙方諧和一致的陳述。」他指出隱地的詩歌世界「悖論」是生活原生態的存在特質，隱地又從語言與結構兩方面都將「悖論」作為一種詩性思維，成就他詩歌雋永的審美優勢，以此作為破解生存困惑的救贖方式。[26]此一論點是詩學的基礎論述，在孫學敏的語境下成為隱地的特色。

如果以這種「悖論」去看蕭水順（一九四七—）的〈都市心靈工程師〉[27]，「都市」與

「心靈」的存在就是一種矛盾的諧和，隱地十歲來到臺灣，就一直生活在臺北，扎根臺北，道地首都公民的身分，首都公民的性格，十分顯豁。他的文章與新詩，心無旁騖聚焦於臺北市，完全找不到臺灣小鎮或鄉村圖像，全臺北市以外的地理景觀、人文圖騰，即使是永和、新店這樣與臺北市聲息相通的近鄰市郊，但他一生戮力於建造「心靈」工程，這「心靈」工程不也是初老心境（五十六～七十歲）的睿智審視、人生反思？

如果以這種「悖論」去看白靈（莊祖煌，一九五一—）的〈承載與流動——隱地詩中的船舶美學〉[28]，題目就很清楚地顯示承載的「不動」與流動的「動」，船舶的定錨與航行，對應在隱地的日常，定居臺北卻也搬家二十幾次的生活，合適而合理，白靈著眼在旅人「熱」的眼光／出版家、守門人「冷」的眼光，有限的承載（生與死距離短促）／無限的流動（強大的能動性），不也是歷史性的一種定律，佛家「無常」觀的另一種常態？

隱地的新詩流動在他五十六—七十的年歲裡，其實也像一輩子都在書寫的史傳散文，承載著整個時代的流動。

隱地張潮的歷史志業

隱地，一個「新聞系」畢業生該擁有的職業的敏感、速度的追求、時事的關懷、史識的鑑別，完全具現在他一生的文學志業與出版事業上。

隱地，一個完全生活在臺北、觀察在臺北、思考在臺北的作家，一個打開抽屜就是作家資訊，就是文學史料，就是民國記憶的作家，他的一生藏著文學，他的文學裡藏著歷史，承載著民國的、流動的文學歷史。

閱讀隱地，滿滿的、藏不住的、民國流動的文學史，讓我們悸動。

審閱當代對隱地的研究，略如上述，但就一個有著歷史癖好的文學家，一個還在書寫中、還在創造自己的書寫歷史的文學家，在目前既有的「研究現象」進行梳理、分析、評述之後，後來的研究者或許還可以有這些思考：

一　隱地日記與文學史的平行觀察

隱地已經預言《２０２２／隱地》日記散文將會出版，如此隱地個人的「日記三書」——２００２、２０１２、２０２２每隔十年出版一次的三部個人斷代史，將會有什麼樣的關聯性與變化面，值得關注。藉此再向外延伸，將隱地日記放在歷史中其他作家的日記文學裡排比、較量、思考，日記文學與現實社會的對映，編年史與斷代史的取捨，隱地日記、手記、史記散文所形成的文學史，會與其他學者所撰述的學院派文學史產生多少殊異性，會與正式歷史產生多少扞格與摩擦，都值得未來的研究者擴大觀察。

二　隱地小說與時代的互文關係

隱地最早以小說創作與觀察而名家，小說更是敘事性最強的文類，最具社會性、時代性的作品，但以目前資訊看來，對隱地的小說評論數量不多、深度不足，比起對隱地的新詩評論，精細度也不夠，因此，寄望年輕的評論者能在隱地小說與時代的互文關係上多所著墨，讓他的小說所呈現的時代背景與真實歷史有更多的對話空間。

三　未與末的出版事業的哲學思考

二〇一九年九月隱地推出新書《未末——兄弟書畫集》，極具創意，真實內容是他二〇〇六年《隱地二百擊》散文的再版書，配以其長兄柯青新九十高壽後初學的一二二幅書畫，重生處也是新生時，這樣的跨界出版或許正是隱地與爾雅在出版業萎縮期還能屹立的內在力量，「未」是木上加一短畫，象徵初萌芽，「末」是木上加一長畫，象徵樹蔭滿覆，未與末，新生與重生，交互輪替的哲學在他的出版工作上處處呈現，未來的研究者或可在這方面加以觀察。

二〇一九年立秋之後

1 鄭明娳，《現代散文類型論》（臺北：大安出版社，一九八七年）。

2 孫學敏，〈存在與超越——論隱地的詩歌世界〉（山東大學中國現當代文學所碩士論文，二〇〇八年）。

3 蘇靜君，〈爾雅漲潮日——隱地散文研究〉（南華大學文學系碩士論文，二〇〇八年）。

4 吳似倩，〈種文學的人——隱地及其散文研究〉（新竹教育大學人力資源教育處語文教學碩士班碩士論文，二〇一〇年）。

5 劉欣芝，〈隱地及其作品研究〉（中央大學中國文學系碩士論文，二〇一一年）。

6 林雪香，〈隱地的散文創作觀及其實踐〉（臺北教育大學語文與創作學系碩士論文，二〇一二年）。

7 陳怡君，〈隱地及其出版事業研究〉（中央大學中國文學系碩士在職專班碩士論文，二〇一二年）。

8 陳憲仁，「隱地藏史」，收於〈座談會書面意見〉，《都市心靈工程師》（臺北：爾雅出版社，二〇一一年），頁五二五—五二七。

9 林文義，〈微型文學史——讀隱地《遺忘與備忘》〉，《文訊》第二〇九期（二〇〇九年十二月），頁九六。

10 編按：應指《近代中國史事日誌》（臺北：自印，一九六三年）。

11 亮　軒，〈另類史筆——從《大人走了，小孩老了》說起〉，《美夢成真——對照記》（臺北：爾雅出版社，二〇一九年），頁二三〇。

12 張素貞，〈卻顧所來徑——回首文學人美好的七〇年代〉，《回到七〇年代——七〇年代文藝風》（臺北：爾雅出版社，二〇一六年），頁三—七。

13 周昭翡，〈遇見一本書，看到一個時代〉，《聯合報》，二〇一七年十二月二十三日，D3版。

14 黎湘萍，〈隱地的時間——序《草的天空》〉，《從邊緣返回中心——黎湘萍選集》（廣州：花城出版社，二〇一四年），頁二五九。

15 陳怡君，《隱地及其出版事業研究》（臺北：爾雅出版社，二〇一二年），頁三。

16 隱地編，《十一個短篇——五十七年短篇小說選》（臺北：仙人掌出版社，一九六九年）。

17陳怡君，《隱地及其出版事業研究》，頁一二〇—一二一。

18張春榮，〈嘩嘩青華，隱地無隱〉，《散文隱地——隱地散文創作觀及其實踐》（臺北：爾雅出版社，二〇一四年），頁三—十四。

19隱　地，〈日記是開啟記憶的鑰匙〉，《2012／隱地》（臺北：爾雅出版社，二〇一三年），頁二六七。

20陳芳明，〈青春是一張蝕破的葉〉，《昨夜雪深幾許》（臺北：印刻文學生活雜誌出版公司，二〇〇八年），頁二十八。

21王定國，〈隱地之人〉，《探路》（新北：印刻文學生活雜誌出版公司，二〇一七年），頁二三八。

22齊邦媛，〈咖啡之前，咖啡之後〉，《文訊》第三五七期（二〇一五年七月），頁一七一。

23陳義芝，〈大膽行獵〉，《爾雅人》第六十九期（一九九二年三月十日），二版。

24楊晉綺，〈「塵」的旋舞與「蝶」的復歸——隱地小說的文本互涉與詩性特徵〉，《都市心靈工程師》，頁一八八—二〇八。

25劉　俊，〈隱地的詩世界〉，《十年詩選》（臺北：爾雅出版社，二〇〇四年），頁一—九。

26孫學敏，《存在與超越：論隱地的詩歌世界》（臺北：爾雅出版社，二〇〇九年），頁八九—九〇。

27蕭水順，〈都市心靈工程師——隱地詩中的空間觸感與人間情味〉，《都市心靈工程師》，頁三七—七三。

28白　靈，〈承載與流動——隱地詩中的船舶美學〉，《都市心靈工程師》，頁五—三五。

財團法人臺灣文學發展基金會編印
封德屏總策畫

原載國立臺灣文學館編印之
「臺灣現當代作家研究資料彙編」
編號112《隱地》一書
編選人蕭蕭書前所撰之序文。
（二〇一九年十二月出版）

無共鳴年代

隱地

附錄

輯一

一瞥成永恆

——一九四四—一九八八

在消失之前，我還能做些什麼？

努力是對的，努力不一定全為了工作，
努力也可以是為了玩樂，努力為興趣而活，
我感謝這樣的自己！

四十五年前（一九七五），我怎麼那麼多點子，將一個應當安靜的文學出版社辦得熱熱鬧鬧，出書就出書嘛，怎麼還會想出請每個創作者在書後附上一張寫作年表，就是這張年表的累積，四十五年後臺灣文學顯得一片豐收；還有為作家拍照，後來許許多多出版社的叢書上都有作家相片，相片中的作家老了，可書上留下了作家青春年代的音容笑貌。

「年度小說選」、「年度詩選」、「年度文學評論」……一年一本，讓人覺得臺灣文壇活力四射，接著「作家極短篇」、「十句話」、「光陰的故事」、「人生船」、

「爾雅作家日記」……文學啊，文學讓我想起一首歌——一樹桃花千朵紅，臺灣文壇曾經花繁葉茂，重慶南路上有多少學子流連於一家家書店，牯嶺街上也有千萬愛書人在尋寶淘寶希望從書裡找到智慧……從早年的東方、商務、開明、世界、中華、正中、東華、金橋、三民、啟明、明華、遠東、黎明、新學友、文星、文源、幼獅、文化、臺灣、源成、建宏、書香林、墊腳石到如今書店只剩下千分之五十……書店成為稀有產業，從未再聽到有什麼人要開新書店的計畫，而往昔的千百種文學雜誌，如今安在？

還好，文學畢竟是一棵老樹，或許葉落枝衰但根仍在，文學的種子播在許多文學人的心底，不時地，他們仍徘徊在巷弄中的獨立或二手書店，也會和七、八文學同好組成讀書會，說著逝去的文學回憶，有些文學好書彷彿消失不見，只要覓得一本，翻讀幾段，所有的記憶立即回來了，文學的回聲，未因書的消隱而靜寂，有時靜寂的力量更大，當喧囂過去，文學在緩慢中走著自己的路，原來靜下心來沉思，靜下心來閱讀，才是文學真正的面貌。

每一本書，都是作家一筆一畫辛苦寫成，寫白了頭髮，寫老了青春，然而這些書到底留給了我們什麼呢？十萬本中，或許有一兩本會流傳下去，其他九萬九千九百九十多本都會變成垃圾，一百年後，所有的書名，都為我們的子孫遺忘，就算記得書名，也經常張冠李戴，讀過的書，和沒有讀過的書，最後都變成模糊一團。人老了，有誰的記憶是清晰的？

而人類的了不起，就是明知不可為，卻仍努力的攀爬。每一個人的前面，或者說，每一個人的盡頭都是死亡——消失，我們最後都會消失，但人還是要努力一輩子！努力是對的，努力不一定全為了工作，努力也可以是為了玩樂！努力的為興趣而活，這樣的活著，就會覺得更有意義，一個人只要有鍥而不捨的毅力，都是值得我們尊敬的！

這些年文學書的銷路跌入谷底，一度我也沮喪過，但畢竟自己已經活過八十多年，生命中的興盛和衰敗都看得多了，對於生活中的磨難也都有勇氣面對，而且看問題，也會從各種角度沉思，慢慢慢慢，終於被我體會出，人有時是需要一些挫折的，人在不十分如意的時候，才看得見這世界的全貌，一個意氣風發，永遠生活在成功光環裡的人，常會過分自信，缺乏同情心，容易自我膨脹，變得有時連自己都忘了我是誰。

文學書的銷路低迷之後，我反而思緒更冷靜。知道自己該扮演何種角色。當大眾遠離文學而去，這時對仍環繞在文學四周的小眾心生感激，於是為文學盡點心、做點事的念頭也就更加堅定。

文學的本質是孤寂的，就自自在在接受迎面而來的許許多多殘酷現實吧！

讀

——讀是另一種旅，一種智慧之旅

1

讀是一種吸收，讀是一種成長，讀是一種完成……

愛讀的人是有福的！

2

有的書要略讀，有的書要精讀。把應該精讀的書略讀，把只需略讀的書精讀，這就是為什麼有些讀書人跌進書海中，再也找不到自己。

3

讀書，可以使我們心靈充實；讀月，會使我們變得浪漫；讀人，你就會有惻隱之心；

而如果我們肯經常讀自己活著的世界，必能體會，世界是多麼的美麗、繁複、新奇……絕不像有些人形容得那麼單調、枯燥且無生趣！

4

坐在開動的車子裏，你可以讀這個城市。如果是在床上，你應當讀自己的女人。

5

下雨的時候讀雨，有雲的時候讀雲……人要隨遇而安，就會處處聽到歌聲。

6

這世上的綠樹紅花，你若不讀，它們為什麼要開放呢？

7

走過小橋，要讀流水；獨步斗室，可讀回憶。

8

懂得讀寂寞，你胸中自有林園山水；懂得讀孤獨，你已經踏入更上層樓的人生境界。

9

人生是一本大書，親愛的朋友，讓我們一起來仔細翻讀！

10

讀，只要肯讀，你就是一個快樂的旅人。

11

讀，使我們不虛此生。

選自「人性三書」合集《人啊人》
之三《眾生》頁二五二—二五四

爾雅叢書485

「人性三書」合集
（爾雅）

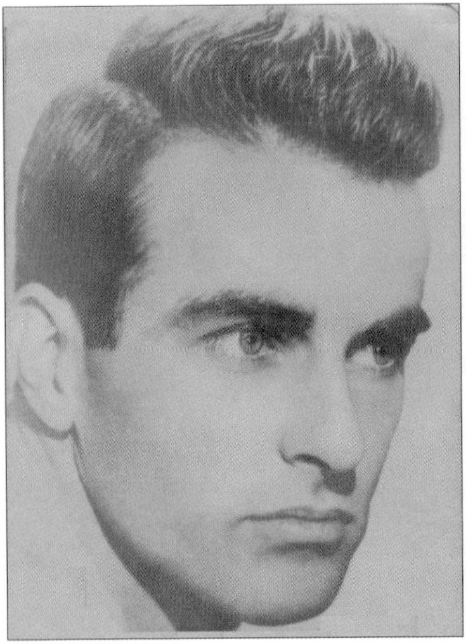

隱地少年時最崇拜的兩位電影明星：右為演《天倫夢覺》的詹姆斯狄恩（1931-1955）和演《亂世忠魂》的蒙哥茂萊克利夫特（1920-1966）。

少年時

用現在的生活標準再回過頭去想以前的生活，只有一個字——窮。四〇年代末、五〇年代初，也就是民國三十八、九年，那時真窮。大人窮，小孩跟著窮，十歲的我，如果身上有十元錢，就算富有了。

當時一枝冰棒二毛錢——以現在的話說是二角錢，二毛錢可以買到紅豆冰棒或花生冰棒，若清冰只要一毛錢。媽媽前一天晚上會給我早餐費二元，我用一元買一碗紅豆湯，另外一元買一塊糯米紅豆糕，冷的糯米糕放在滾燙的紅豆湯裡，就像一碗紅豆糯米稀飯，好吃極了。南昌路寧波西街口第一銀行旁，彼時有一排賣早點的攤子，每天清晨，吃完糯米紅豆稀飯再沿路走到公園路女師附小上學，是我至今最快樂的記憶。

有時候媽媽也會忘記給我早點錢，只好餓著肚子上學。我們家的人好像都不吃早餐，媽媽一向晚起，她的午餐就是她的早餐；爸爸到底吃不吃早餐，我印象裡，他大清早就趕著到北一女去教書了，至少，他在家裡是不吃早餐的，姊姊早晨吃什麼呢？我讀女師附小的時候，她讀的是板橋中學，為了趕車，她必須比我更早出門，所以，我也從不曾看過她吃早餐。

後來我才知道那是戰時，所謂國共內戰打得難分難解，許多大陸人都逃難來到臺灣，我們家剛好相反，爸爸在一女中代課已告一段落，正準備回上海的家，沒想到回不去了。爸爸雖繼續留在北一女教書，但那年頭軍公教人員都窮，而其中以阿兵哥和做老師的生活更加清苦，爸爸以微薄的薪水要養活一家四口，當然辛苦，而母親不停地抱怨，她是蘇州人，因曾生活在上海，看慣了上海人的繁華，當然無法忍受臺北的克難生活。我只好自己天天想如何可以賺錢、發財，和鄰居四千金商量結果，我們決定去買十隻剛孵出來的小鴨。小鴨長大了，會生蛋，生了蛋，又可以孵小鴨，小鴨變大鴨，大鴨生蛋……愈想愈覺得，我很快就會變成有錢人。

我必須先說說林家四千金和我的關係——她們是四個女生，是我小時候的玩伴，只有大姐林綺文比我大一歲，十一歲的她，小名大囡寶，可是一位能幹的小婦人，她以姊代母休學在家煮飯燒菜，讓已上學的大妹繼續求學，自己還要照顧病床上的父親；而妹妹小囡寶林絢文、林素文（忽朵）和林綏文（娜妞）都比我小，小一歲，小四歲，最小的老四當時大概只有五歲，所以算起來應該比我小五歲。她們每人都拿了一、兩塊錢，合在一起，十隻毛絨絨的小鴨真的被我們買回來了。媽媽從來也不喜歡小動物，她一定不會讓我在家養鴨子，剛好林家四千金家裡也有一個大院子，答應讓鴨子養在她們家。她們的母親剛過世不久，父親正生著病，每天躺在床上，沒有精神管小孩子，養小鴨的事，於是偷偷進行，就這樣，養小鴨子變成我們的秘密——只有兩家的小孩知道，兩家的大人全被蒙在鼓裡。

我們五個人，像一個小人國，除了完成雙方家庭大人經常交代的任務，譬如掃地，擦榻榻米，當小跑腿出外購物……五個人還有自己的遊樂世界，玩起遊戲照樣花樣百出，譬如踢毽子、躲貓貓、跳繩子、跳房子、比劍，還有她們會把我男扮女裝……現在想想，五〇年代的小孩什麼事都得靠自己，鬼點子也多，譬如照料家事之外，還能想出養鴨子賺錢的技倆。

可是鴨子真頑皮，每天搖搖擺擺喜歡亂走，還會亂叫，讓我們心慌，深怕被林伯伯知道。更擔心母親看到我們偷偷養鴨子，鐵定立刻會要我把鴨子賣掉。

每天放學回來，最急著到林家四千金家院子探望我的鴨子，然而鴨子幾乎三天兩頭就會跑失一隻，一隻隻的減少，真的讓我們傷心不已，到底牠們跑到哪裡去了呢?前門後門每天都關得緊緊的，我們想過來想過去，終於找到了答案，原來牠們從陰溝裡游到了別處，游出去的鴨子，再也沒有游回來過。

不到一個月，我們的十隻鴨子只剩下一隻，牠顯得好孤獨，我失望透了，希望牠也游走算了，偏偏這隻鴨子卻一天天地長大，牠真的變成一隻很大很胖的鴨子，有一天我們把牠罩在一個籠子裡準備賣掉，還很正式地以毛筆字寫了一個大大的「售」字貼在籠子上，放在寧波西街八十六號林家大門口學著做起生意來，可是等到過路的行人，真有人來問鴨子的價錢，我們幾個膽小的小孩一哄而散，那個年代的孩子個個害羞，看見陌生人就會躲起來，結果鴨子當然賣不出去，只得繼續養著牠，但討厭的鴨子到處大便，大家都很生氣，最後決定把牠殺了煮來吃。

利用一個星期天，我們輕手輕腳，有人燒水，有人拔毛，有人操刀，最後終於把一隻鴨子煮熟了，等到端放在桌上，五個人都不太敢吃，畢竟這隻鴨子跟我們生活了好長一段日子，如今卻要吃掉牠，五個人都不說話，其實我們的心裡一個比一個難過，誰會敢去吃這隻鴨子呢？

後來我又想出了另一種賺錢的方法。原來我們巷子口有一個小攤販，販賣話梅、梅子和糖果，以及一盒盒四方形的玩具紙盒，紙盒上有一百個封起來的洞洞，只要一毛錢就可以玩一次，用手一戳，戳破的洞裡有時是一顆彈珠，有時是一粒糖果，或一條橡皮筋，或一個可以吹大的小氣球，最大獎是一張兩元紙鈔，有誰戳到兩元，旁邊觀看的小朋友會一陣歡呼或驚叫，後來有人告訴我只要花五元，就可以批到一整盒，然後擺在路邊讓人來玩，一次一角，一百次就能收到十元，轉手之間可以翻賺一倍，多麼讓人嚮往啊！

等到我真的買來一盒，放在林家大姊寧波西街八十六號門口，希望生意上門，結果根本沒有小朋友來玩，後來還是林家四千金找來幾位朋友，你戳一下我戳一下在嘻嘻哈哈之間讓我賺了幾塊錢。其實最後還是剩下十幾個洞洞，沒人玩，我乾脆自己一一把它戳破，好像都是「銘謝光顧」，連一塊糖果都吃不到。

大概是十三歲的時候，皇天不負苦心人，我終於發了一筆橫財。那天，母親要我上街替她買香菸，過了牯嶺街，還沒走到南昌路，就看到地上有一張鈔票——十元大鈔，我彎腰去撿的時候，心狂跳不已，等到撿起來，一數居然有四張——四十元，對一個天天作著發財夢的小孩來說，真是不得了的大數目，立即放進口袋，幾乎不敢相信自己口袋裡裝了這麼多錢，那是我最富有的一段日子，奇怪的是，竟然什麼想要的東西都不捨得買，只是一直偷藏著保存著那四張十元大鈔，每次想到我有四十元，心裡就升起暖暖的歡喜，感覺自己走起路來都虎虎生風，啊，後半生的我，再也不會是一個窮光蛋。

但正如老師訓誡我們的——人還是要學習過平凡踏實的日子，否則即使是一顆太快樂的心，也會被偷走，何況，這四十元本來就是不義之財。由於日日偷偷摸摸藏過來藏過去，藏到後來，這四十元像一個啞謎，無論如何尋找，就是再也找不到了；記得曾藏在我一隻抽屜最低層，也曾藏在墨水瓶和鉛筆盒裡，更藏過一雙鞋子裡……所有這些地方我都找過，就是不見那四張大鈔蹤影——四十元呀！可不是小錢，我可以買一百枝紅豆冰棒，如果是清冰，可以買兩百枝，早晨吃紅豆湯，就算媽媽忘了給我錢，我自己可以連吃四十天，明明我突然有了錢，為何捨不得花呢？啊，亂世年代的一個小小的我，看來註定只能過苦日子，窮日子，大人都說一切都是命啊，窮人命裡註定，怎麼會讓你過夢想中的生活……

原載二〇二〇年四月二十七日
《中國時報》人間副刊

善惡論

上個世紀八〇年代，散文家張曉風（一九四一—）曾為爾雅出版社編了一套風行將近四十年的散文選集——「有情四書」，其中名列最後的《有情人》（其他三冊為《親親》、《蜜蜜》、《有情天地》）一書，收錄的都是「關親」文類的散文，她特別選了「六〇年代」家喻戶曉，對當時臺灣學習英文影響深遠的趙麗蓮博士（一八九九—一九八九）的〈臨別贈言〉，對「金錢」和「權勢」趙麗蓮博士有這樣兩段評論：

「金錢是重要的，但它絕不值得我們以整個生命去尋求；由歷史裡我們可以得知，『錢財』似乎很少不會破壞一切美的事物與美的德性，原因很簡單，每當你得到一筆巨額的錢財，你會希求得到比這更多的錢財，這樣沒有終止的追尋下去，直到生命旅途的終站，你仍舊不會滿足的。」

「其次是『權勢』，這也是對青年人誘惑力很大的東西，你們現在還太年輕，也許不會懂『權勢』是多麼的可怕，我曾親眼見過多少有為的青年，因為追求權勢而反為權勢所毀。」

人過四十以後，睡眠似乎不再需要那麼多了。我常在夜半醒來，睡不著就思索人生問題。有時清晨五時即起，燒開水，沖牛奶，只為解決肚子問題，等到吃飽喝足，再回到溫暖的被窩裡，卻怎麼也睡不著，這時又會不停思索人是什麼？什麼是人？人就是這麼吃吃喝喝，睡睡躺躺，養足了精力，到外面去「弄錢」、「奪權」的一種動物嗎？每逢這麼想，我就禁不住悲哀起來。

卡繆說：「人的可讚美處遠過於其可鄙夷處。」小時候，常常不瞭解，為什麼有人什麼都有了，卻要把一切都拋掉，而獨自一人跑到深山裡當和尚。也不瞭解，為何許多夫婦，歷經了千辛萬苦，等到終於能夠結合而生活在一起時，又彼此互怨互恨，要離異、要割裂、要切斷和對方的一切關係。

人生何其複雜。人們用偽善包住邪惡。人性真的如此無藥可救嗎？

人們庸庸碌碌，終其一生追求的到底又是些什麼呢？

快樂嗎？快樂在哪裡？

古人說「無欲則剛」，其實人怎麼可能無欲，人身上的每一個器官，如果是正常的，都使我們有欲。嘴巴要吃，吃飽了還要說，張家長李家短，說的總是別人的不是，像把剪刀專剪別人的短處，而人，任何人都經不起別人的分析。誰無七情六慾？上面一張嘴巴，是非已經夠多，下面還有一個性器官，更是許多煩惱的根源。

我不曉得到底人是誰造的，如是上帝，上帝實在和人大開玩笑，祂製造了交媾的快樂，卻也因此埋下無窮的禍患，世上所以人擠人、人壓人，都是因為人太多，而如果「做人」的過程不包這麼一層糖衣，就不會有人口問題，當然也不會有空氣汙染和垃圾問題。

把一切罪惡都推給性器官也不公平。如果下面的東西沒有了，人會更加苦惱。和尚和有些教徒，用思想禁慾，太監想「慾」，也「慾」不起來，照說，這些人的心靈世界應該平和寧靜，而翻閱古今歷史，他們爭權奪利恐怖惡煞的一面，比常人更加激烈，於是我們不禁要迷惑了，人的毛病到底出在何處，答案還真不易歸納。

有時候我們罵社會風氣不好，有時候我們又罵教育完全失敗，說穿了，也是悲觀主義的論調。人從小時候就在吵吵鬧鬧，至於為何而吵，為何而鬧，如肯細心觀察，不難發現，人是一種屬於搶奪的動物，兩個小孩子在一起，搶玩具搶食物，是教育使他們慢慢知道，不是我們的東西，我們不應該去拿，拿錯了，要趕快還給別人。到了成年社會，我們都能明理講義，照著社會的習俗、規範，糾正我們自己的偏差行為，於是開車有開車的規則，做事有做事的原則……雖然，免不了我們會犯一些「人」的毛病，一般來說，我們都能照著規範行事，遵守著做人的道理，至於說社會風氣不好，想想人身上的這麼多器官，大家總算都在壓抑自己的慾望，吃不起的不吃，玩不起的不玩，雖不是聖人，總也難能可貴了；至於少數人犯罪，（你不承認犯罪的仍舊是少數人嗎？）貪污、強姦、搶劫……法律已經制裁了他們，法網外的僥倖者，他們也受著自己的良心制裁，也許總有一天，他們又要失足。所以，一個人如果想心地平靜，就得過平凡的生活，若要刺激，你就要膽大，敢冒險，各色各樣的人組成這個世界，罪惡也許是使我們人類社會「多采多姿」的因素之一。人生就是大海，無所不包，我們追求清明，追求單純，只要你真的這麼想，把一切複雜的關係切斷，徜徉在青山綠水間，和家人過樸素簡單的生活，是可以做到的。問題還在我們的一顆心，大多數的心靈是不甘寂寞的，總喜歡巴黎、紐約、臺北，甚至蒙地卡羅、萬華和西門町……許許多多的人其實都過著口是心非的生活，謾罵都市，卻離不開都市，厭惡罪惡，卻生活在罪惡之中，也許，人本來就是矛盾的組合，享受過性器官的快樂之後，又輕視它，希望它脫離身體，而不成為自己的一部分。可能嗎？一個只有善沒有性的世界，你認為會有趣味嗎？但毫無節制的性放縱，性是危險的遊戲，如果百無禁忌，無所忌憚，性和吸毒一樣，它會埋你葬我，使你我成為罪惡的犧牲者。

我想，就像趙麗蓮博士所說，金錢、權勢都是很可怕的。性也一樣，需要我們自律、節制。

善惡在一念之間。調配得好，是美麗的人生；無窮盡的追求，光華燦爛的背面，可能就是地獄！

附註

本篇寫於一九八二年；二〇二〇年五月一日重讀重寫重校。

燦爛字海出版夢

之1：一片字海說字典

字，一個一個的字，我要認識每一個字，從認識第一個字，我就迷上了字，後來，父親送我一部字典，從此，我喜不自勝地日日翻讀……

字典，把單字依次排列，詳註各字音義的工具書。

字典是少數世界上永恆的代表。看到一部字典放在桌上，我們感覺安心。當親人不在了，朋友離去了，情人背叛了，只有字典仍在。它安安穩穩的躺著。只要翻讀它，每一個字，每一部首，每一辭彙，歷歷在目，全在我們眼前。細細認字，慢慢玩味，字典世界這般豐富如盛宴，如走進森林，如飛翔天空，如進入海底，如環遊世界……讀著讀著，我們忘卻了煩惱，放心，任何時候醒來，只要你肯找它，字典會永遠陪伴我們。

之2：出版變奏夢

望著書架上的八百四十種爾雅叢書，彷彿一場夢——世上原來沒有這些書，只因有一個從小愛讀書的少年，逐漸長大，有一天，他跟著一個比他大二十歲的中年人到他家作客，大朋友邀他進入自己的書房，老天，一整座從地到天花板頂的大書架，幾乎占領一整面牆，從來，他不曾見過如此壯觀的書牆，他的書房就像一座圖書館，回過頭，他發現大朋友書桌對面還有一大架子書，也是落地書架，原來兩座大書架對望，他的中年朋友坐在書桌前，立即被書包圍，啊，自此留下永恆印象，那時候，他自己大概十八歲，在同年齡的孩子間，他算是一位愛看書的人，不過他只有一座小小的木頭書架，就置於書桌上，全部書架上的書，加起來最多五十冊，對他來說，那是他全部的財富，只要存夠了錢，他就會跑到重慶南路的書店街買一本自己喜愛的書，但和那位中年朋友家的書一比，豈止是小巫見大巫，簡直是寒酸到大概只剩一個小數點，他在心裡猜著，他的大朋友至少藏有三千本書！

永恆印象深刻腦海，從此大書架成為他一輩子追求的夢，希望有一天，他也能擁有一座落地大書架。

想不到的是，後來他竟然成了做書的人，他辦了一家出版社，一本接一本出不停，四十四年中，他印製了八百四十種書，每一種以二千本計算，他在世上已經製造了一百六十八萬本書，其實何止此數，在八百多種書中，不少暢銷書，經常一印再印，往往超過十萬本，其中還有一種竟然印數超過四十萬本，如今連他自己也有些不相信這個夢幻數字，因為眼前他的三個倉庫全部存書也不過二十萬冊，已經壓得他喘不過氣來，左邊是書，右邊是書，書如果像山，屹立不動，是很恐怖的！

以前的書都是流動的，初版書像流水，天天往外流，唯恐再版接不上，存書還有二、三百本，就要準備著印再版本，果然再版本還沒趕得及印好，初版早就銷售一空，是的，七〇年代、八〇年代，所有出版社的書都是流動的，出版人樂極了，笑容滿面，啊，那是出版的黃金年代，一九八〇年，年度新書出版種數為四五六五，由於書市繁榮，許多剛從學校畢業的年輕人都投入了出版業，一九八一年，年度新書出版數量幾乎翻了一倍，新的數字為八八六五種，到了八〇年代末，新書出版數量屢創新高，竟然到達一萬三千種，而整個九〇年代，十年間，幾乎每年新書量增加二千種，到了二〇〇〇年，年度新書出版種數為三四五三三，而二〇〇五年更誇張，新書出版量突破四萬種，事實上，自從二〇〇二年廢除大學聯考，二〇〇三年《蘋果日報》進入臺灣；博客來網路書店崛起，讀書人口因電腦、手機時代的來臨，多元文化興起資訊爆炸而逐年銳減，奇特的是新書出版數量不減反增，充滿了吊詭氣氛，二〇一〇年，出版產值達到三百六十億高峰，至此年年下滑，跌到只剩一百八十億，仍在下滑中，但新書量到二〇一八年，仍然維持在四萬種以上，僧多粥少，變成書種多，印量少，普遍一種新書都只敢印一、二千本，甚至許多所謂新書的印量，落在三、五百本以下，像小學生玩家家酒，變成每一種新書，都只在同溫層流傳，書的影響力，就像傳到手上的麥克風，你的話剛說完，大多數聽眾已轉身離去，書早已敵不過人們隨時隨地握在手中的手機，而書，原先是學生的寵兒，如今不管小學、中學或大學生，卻個個對書陌生，現在的人，沒有人渴望家裡能有一大座書架，現代人都在想些什麼呢？筆墨紙硯文房四寶嗎？啊，請你別說笑話了。

之3：字海翻騰話臉書

臉喲！

臉：面部，面子，如丟臉……

書：以文字記載事物而裝訂成冊者，如書本；字，如正書、草書；寫，如書寫。

人體最上部分稱作頭，臉，是頭腦或腦袋的正面，所謂面部，上有眼睛、眉毛、鼻子、嘴巴、耳朵……臉是動物特有的器官；書，是靜物，人類有了文字以後才有的創作與發明。人看書，書為人看，進入二十世紀，地球上的事事物物日新月異，洋人創造洋文，有了Facebook之名，國人譯為「臉書」，於是從人讀書，人看書變成書和人聯結在一起，產生新名詞「臉書」，有了「臉書」，人和人不必透過各種關係才能相識，「臉書」本身就是社交網站，拉過來拉過去，「天涯若比鄰」，大家都成了網友，想來真是神奇；至此原先的書籍，光采盡失，逐漸退位。新人類不讀書，卻抱著「臉書」，在「臉書」上看東看西，看南看北，手指畫過來點過去，臉露微笑，旁人在一旁看了，好奇到底他在看些什麼有意思的事情，真想探頭過去，一探究竟。通過「臉書」，可以和朋友打屁，你一句我一句，有意義的無意義的，全可扯，少數簡單的幾個字，傳來傳去，仍不時白字連篇，好在新人類完全不在意，反正字只是一種符號，一種圖象，只要讓對方懂了自己的意思，目的已達，火星文仍然可以傳達自己的心意，有時將錯就錯，反而可以令對方哈哈大笑，你看，「臉書」可以帶給人類多少歡樂，幾乎像一枚開心果；也可方便解決人生日常許多實際問題，你不得不佩服科技萬能！

對一個老出版人來說，正宗出版事業快速崩盤，面對難以想像的網際網路挑戰，不過三、五十年，從學生都以讀課外書追逐快樂時光，到轉眼之間，青年學生再也不逛書店，只以如何獲得一支手機，進而能擁有「臉書」，才是最能滿足自己的夢想，有了手機，等於有了翅膀，世界之大，無奇不有，透過網路，可以無所不知，無所不曉，至於書，原先的紙本書，那些古老的傳統，打開來，一片字海翻騰，天啊，那麼多我不認得的字，要我怎麼查啊？查字典、翻辭海，OMYGOD！密密麻麻的字，你要我命，我又不是神經病，認那麼多字幹什麼？

一點也不錯，就是因為這樣想，學生們不再寫字，紙和筆對他們都很陌生，越不寫字，越不敢寫，總覺得自己的字寫得不但難看，簡直夠醜，就乾脆不寫了，偏偏現在的學校教育，和我們過去讀書時代完全不一樣了，對四、五年級以前的人來說，我們從小要練描紅帖，難寫的生字，一天要認十至二十個，然後，每天將這些難寫難認的字，至少寫它二十遍或三十遍，除了記生字，還要每周寫周記，最初還必須用毛筆寫，後來因學生寫毛筆字常弄髒了手弄髒了衣服，經海外留學回來的專家指正，改用鉛筆或原字筆，但至少還無人提議廢止寫周記，除了每周繳周記，上國文課，還要寫作文，如今三番兩次教改全將這些廢了，周記早已不寫，作文課還有嗎？不寫字，不作文的一代，自然而然，慢慢的，學生們就不會寫字了……

之4：等待的字典

字典還在，只是字典到了二十一世紀，它變得憔悴而寂寞，不再有讀書人的手經常撫摸它，更找不到閱讀它的眼睛，字典很識相，任憑灰塵沾滿了身，它仍不聲不響，在冷冷的角落裡觀看著這奇特世界的改變，它在等待，等待人們重新找回老靈魂，以文明的眼睛——文明之眼凝視它，是的，凝視字典重視字典！

字，每一個老祖宗創造的字，都是歷史和文化，都是幾千年人類累積的心血寶貝和精神文明啊！

原載二〇一九年九月號
《臺灣出版與閱讀》總號第七期（國家圖書館）

隱地看電影

關於我早年的二十四種書

——寫在電子書出版前夕

從小熱愛寫作的我，一路走來，不管逆境、順境，快樂或不快樂，似乎總是在寫作，特別是當遭遇挫折，以一支筆自我鼓舞，八十三年的生命，竟然寫了六十五種書，其中二十四種比較早期的書，多半已絕版，有些雖有存書，但因早年的書無條碼，科技年代，一切科學化，沒有條碼的書在市場上無法流通，也只好物競天擇，遭到自然淘汰。

如今進入數位化時代，想不到我早年的書，蒙「聯合線上」青睞竟能以電子書的形式和新讀者見面，對於我，也算是一種新的嘗試，整體說來，由於自己生於三〇年代，長於五〇年代，我的絕大多數讀者年歲已大，視力減退，無法再大量閱讀，我和他們都屬於紙本書的一代，時序進入新的世紀，科學日新月異，閱讀亦全面革命，實體書店驟減，網路書店崛起，身為新舊兩個時代夾縫中的寫作者，我們面對的世界苟日新、日日新，但人性的光輝是永恆的，人類除了追求物質生活改善，也渴望精神生活充實，譬如對美的追求，善的對待以及人和人之間和平、真誠的相處。

在二十四種早年的作品中，讀者可以感受到我是一位最典型的文藝青年，從最初的〈讀書・寫作・投稿〉進入文藝圈，第一本書《傘上傘下》和第二本《幻想的男子》都是從短篇小說入手。大陸學者章亞昕在研究我的《時光中的舞者——隱地論》一書中有這樣一段話：「這些小說表明，他是一位有感而發的人，創作純然是不平則鳴，但是要把自己家庭離散，居無定所，食常無飯，乃至遭遇家庭暴力，學業壓力，以及後來感覺到的社會上的種種不平，全部盡情地傾吐出來，卻又是談何容易……因此當生活不再充滿悲情，他就終止了小說創作。」（見《時光中的舞者——隱地論》頁二二四—二二五）。

《快樂的讀書人》是我一九七五年成立爾雅出版社的第一本書，也是開始寫「讀書隨筆」和「書評」的結集。

《現代人生》是應《中華日報》副刊主編蔡文甫之邀而開闢的專欄，每周一篇，

（1975 年）

封面設計　惠萍

（2000 年）

（1992 年）

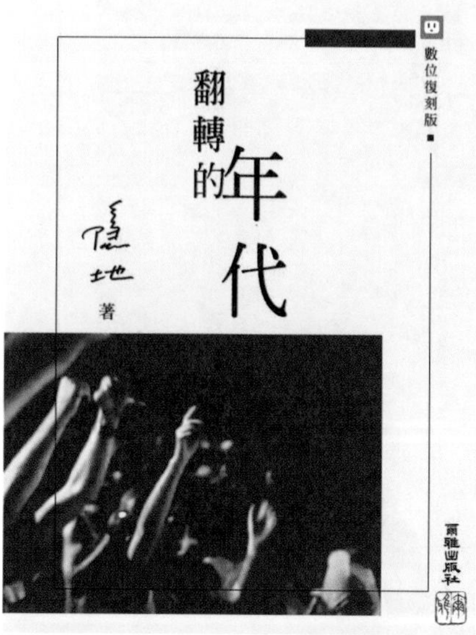

（1993 年）

（2000 年）

封面設計　惠萍

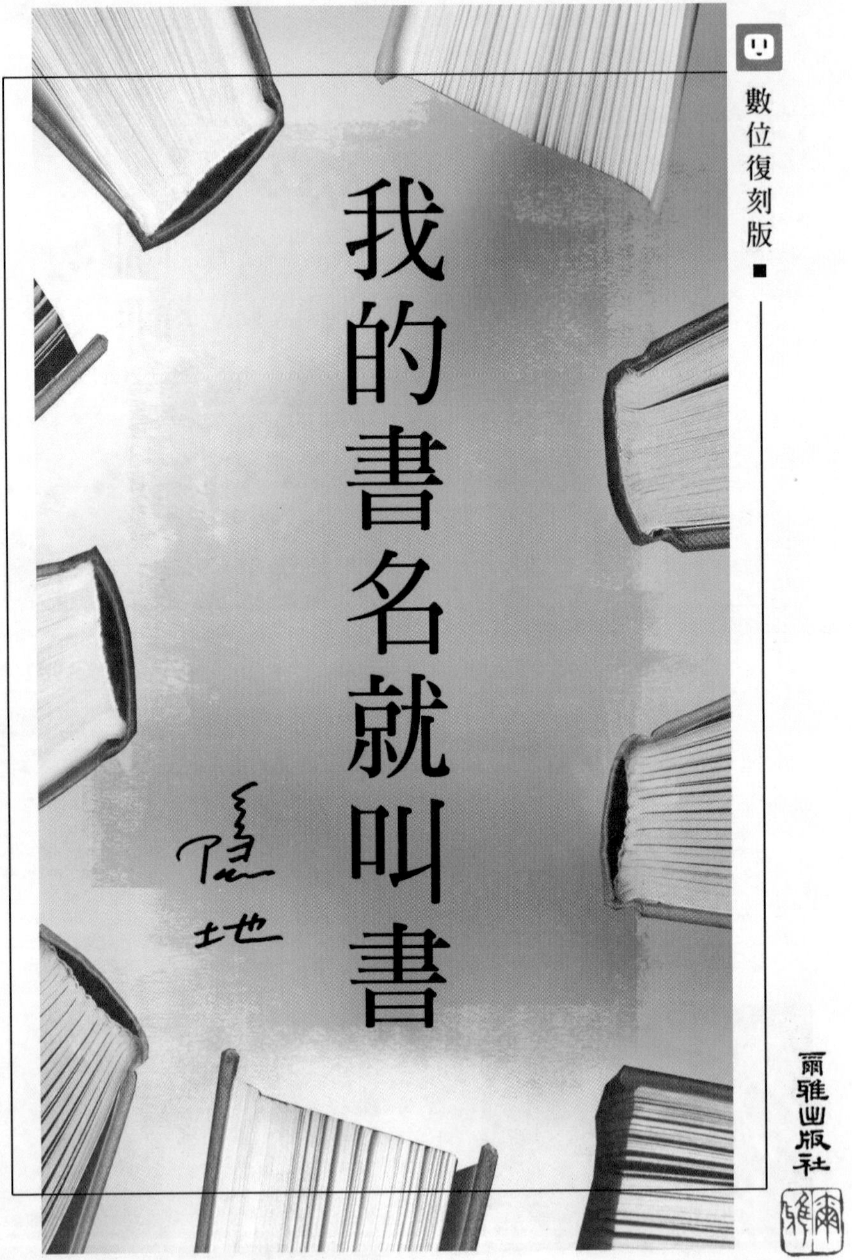

封面設計　惠萍

（1978 年）

七〇年代，是留學的年代，西方文化和思潮進入保守的臺灣，我看到社會新舊的激盪，以銳利之眼，觀察社會人心之變，然後書寫自己的觀點；《歐遊隨筆》，是遊歐洲的心得報告，七〇年代中期，我國的觀光護照尚未開放，那時到歐洲旅遊的費用昂貴，記得一九七六（民國六十五）年底，到歐洲旅遊三十七天，居然花費了二十萬臺幣，而當年我在北投買的第一戶佔地二十九坪的公寓二樓，也不過十八萬，等於說，那個年代，去歐洲玩一次，昂貴到需用一戶房屋的錢，是否令人咋舌，但那是確確實實的事實。

這樣說，難道七〇年代的我就是一位小富翁嗎？居然豪氣到以一戶房屋之價，跑到歐洲遊玩四十天，當然不是，完全因家兄青新哥得知我想寫作，他認為寫作者不可閉門造車，一定要先到外面的世界開開眼界。

至於《我的書名就叫書》是從事出版事業的現身說法，以風趣幽默的二人對話方式書寫，引來不少笑聲，此書曾讓我榮獲「第一屆愛書人倉頡獎——最受歡迎的四十本書籍」，可惜書在市場上早已斷版。

《隱地看小說》，是我的第一本書評集，也是小說創作進入瓶頸想要突破而一心研讀小說理論，希望走出一條創作小說的新路；令人意外的是，這本書評讓許多讀者印象深刻，三十年後，我見到聽到不少老文青，老的電影工作者都告訴我，此書早年如何影響了他們，譬如和侯孝賢最初一起合作導演的陳坤厚，他有一天特地跑到我辦公室來當面對我說：當年導七等生的〈結婚〉，一度感覺自己導不下去了，幸虧手裡的《隱地看小說》，他一讀再讀我那篇評七等生小說的文章，終於迎刃而解，順利讓小說〈結婚〉變成一部電影。

啊，人生有無數驚喜，遇上如此溫情的畫面，你就會覺得繼續握著自己手上的一支筆，繼續寫作是多麼有意義的事！

我愛讀書目，年輕時就和鄭明娳合編《近二十年短篇小說選集編目》。現在回想是很奇特的癖好，每遇作者寫一個短篇小說，我就將之記錄下來。這成了我的習慣，也可說我有「資料癖」！這種愛編書目的習慣，一直持續到出版《作家與書的故事》，那也是一本專為作家編的書目。

這種「編書目」的工作應該由作家自己來做，一個作家去幫別的作家「編書目」，好像也有一點怪。可是編著、編著真是越覺著迷！你看我幫哪些人編過書目？從季季、廖輝英、白先勇、馬森、王鼎鈞、陳幸蕙、琦君、呂大明、張曉風、邵僩、林雙不、喻麗清、蕭颯、張系國、余光中、子敏、保真、愛亞、簡宛、蔣勳、蕭蕭、張拓蕪、席慕蓉、楚戈、張默、亮軒到梅遜……要花好長時間才舉得完。在羅列作家最新書目之前還附一段作家的小傳，以及比較有趣的一些軼事、小故事。

《心的掙扎》、《人啊人》和《眾生》是我的「人性三書」；有一段時間，大概是

封面設計　惠萍　（1994年）

上個世紀八〇年代中葉，幾乎天天在寫十一則語錄體似的「哲語小品」，前後五年，臺灣各報章雜誌副刊到處都看得到我的這類長短句，有人還暱稱此為「隱地體」，其中《心的掙扎》一書出版後，搭八〇年代文學書籍暢銷熱潮，這本小品居然上了金石堂排行榜，一度還成為榜首，前後共銷出十餘萬本，心裡當然歡喜，但人生的甜，於我僅此一次，卻也足夠令我回味。

二〇〇〇年，更是我寫作生命的豐收年，在《中國時報》和《聯合報》副刊，一系列寫我自己因大時代動盪，從一九四七年十歲到臺灣，青少年時期正是臺灣最窮的十年——「克難年代」是也，個人的奮鬥史，也反映了時代的悲歌，後來結集出版，書名《漲潮日》，此書榮獲聯合報「讀書人」二〇〇〇年最佳書獎，二〇〇一年獲《中國時報》開卷「年度特別注目」，由徐淑卿執筆〈隱地出版大老追憶似水年華〉，也入選二〇一六年「誠品經典共讀」書單。

然後我寫了許多和編輯生涯有關的書，包括《出版心事》、《我的宗教我的廟》；在早期的二十四種書單中，《愛喝咖啡的人》是我自己偏愛的一本散文集，這是一九九二年的作品，出版此書時，剛好五十五歲，尚未進入老年，應當是後中年時期，是我生

數位復刻版

我的宗教 我的廟

隱地 著

爾雅出版社

封面設計　惠萍

（2001 年）

命中最放鬆的一年，經過自己的人生奮鬥，有了小小一些成就，經濟也還過得去，可以算是進入中產階級，心情自在，開始聽音樂、看電影、喝咖啡，《盪著鞦韆喝咖啡》和《隱地極短篇》，都是那個放鬆時期的作品。

不過，臺灣進入九〇年代，由於蔣經國逝世，黨外運動興起，國民黨一黨獨大時代結束，萬年國會告終，進入李登輝時代，社會一切翻轉，連傳統鉛字亦步入歷史，出版業面臨電腦革命，進入數位印刷，多元化社會衝擊，我寫了一本一如書名《翻轉的年代》為內容的書，序文〈「正常」，不可能存在嗎？〉顯示一向在傳統社會成長的我，內心的焦慮和徬徨……「文學五小」——純文學、大地、爾雅、洪範和九歌風光不再，非文學書籍，如理財、旅遊等書籍成為出版主流，九〇年代，同時，臺灣刮起一陣旅遊熱、出國風，觀光事業大發，就在文學書籍營業額直線下落，我開始逆向操作，乾脆寫起素有票房毒藥的新詩，從《法式裸睡》、《一天裡的戲碼》、《生命曠野》到《詩歌舖》，如今我反而感謝爾雅那段低潮期，如果爾雅一路生意興旺，怎麼可能產生一個寫詩的隱地；寫詩是我的意外，從小，立志做一個小說家，結果，如今我隱隱聽到一種

udn 讀書吧 QrCode

Amazon QrCode

聲音：「隱地的詩寫得好，散文其次，小說墊後」真叫我啼笑皆非。

回想上個世紀八〇年代，引進西方音樂的文化人張繼高（一九二六—一九九六，筆名吳心柳），他看到許多他不喜歡的書大賣，而且越不好的書，越加暢銷，因此他曾有一個夢想，希望自己能辦一家小眾出版社，專出只印低於五百冊以下的書籍，讓社會菁英閱讀，他永遠想不到，二、三十年後所有紙本書，幾乎有一半印數均在五百以下，啊，有時「夢想成真」似乎只讓人啼笑皆非，反而不知說什麼好了！

二〇二〇年三月

附記

說起紙本書，二十四種早期出版的書，從《傘上傘下》到《詩歌舖》，前後和我合作過的封面設計人先後有王愷、王菊楚（一九四一—二〇〇七）、謝春德、覃雲生、王明山、梁小良、柯書品、林則桐、陳輝龍、何華仁和曾堯生，可謂陣容浩大，其中有五張封面，我自己特別喜愛，因此也留影書中，和讀者一起分享。

封面設計　曾堯生　（1995 年）

封面設計　何華仁　（1987 年）

封面設計　曾堯生　（1992 年）

封面設計　曾堯生　（1984 年）

封面設計　王愷　（1963 年）

封面繪圖・設計：嚴君怡

身體，是一艘沒有航道的船。從生命誕生的一刻起，他就和天上的雲水中的魚一樣飄著游著。從早到晚，從春天到冬天，我們的身體游走於大地，就像船一樣的在海洋裡行進著，有時後退，有時打轉，有時也停泊到一個碼頭，或進入港口休憩。

我讓自己的身體斜靠著，成為一艘會思想的船。隨著煙塵往事，想著人在大地上的存活。人，從誕生到死亡，航行於茫茫海洋。新日子轉眼成舊日子，新的一年在嘆息之間來了又走了。我們活在短暫的時空裡。只因為活著，生存著，就像船不停的來來回回開動著。有了身體這艘船，我們可進可退，可駛往人潮，也可退出江湖。

封面是一本書的臉

八〇年代中，爾雅曾出版一本由我主編的——以「一百二十個爾雅封面」為內容的書，書名《風景》，可見，爾雅除了書的內容，對封面也向來極為看重。最初的一百二十個封面，爾雅幾乎網羅了謝春德、王信、覃雲生、王明山、謝震基、翁國鈞、王菊楚、楊永山、林柏樑、黃廣祥、徐統、席慕蓉、梁小良、吳勝天等名家，中期亦邀請何華仁、曾堯生、陳輝龍、王行恭等名家加入，使得爾雅封面的設計更為多采多姿。

在眾多封面設計人中，和爾雅合作最多、最久的三位封面設計人是覃雲生、曾堯生和嚴君怡；爾雅早期的封面，將近有三分之一均出自雲生之手，那是上個世紀七〇到八〇年代，書籍封面剛從黑白進入彩色，而攝影作品最能表現大自然的五顏六色，剛好雲生喜歡拍植物，從瓢瓜（《蜜蜜》）、南瓜（《代馬輸卒補記》）、木瓜（《有情天地》）、絲瓜（《代馬輸卒餘記》）、蓮霧（《春天坐著花轎來》）、高麗菜（《筆硯船》）、蘆筍（《小詩三百首》）……樣樣都有，而我一度希望爾雅封面能再容納西瓜、香蕉、鳳梨、橘子、裸梨、椰子……植物的世界青翠碧綠，置身其間，讓人心平氣和。

而植物園裡多的是對人體有益的芬多精，整套「爾雅叢書」，亦盼能擁有「植物園精神」——讀後能提昇人的精神境界，達成「在有限的生命裡，種一棵無限的文學樹」之文學使命。

在覃雲生幫爾雅設計的將近一百張封面中，有一本為張默主編的現代女詩人選集《剪成碧玉葉層層》獲得金鼎獎最佳封面攝影獎，雲生因此寫過一篇〈爾雅封面的風情畫〉，談到這張封面的拍攝過程，他說：「那株鳳凰木長在五股西雲寺前，我到那寺去，其實只因為我以為那裡地勢高亢，可以讓我拍到五股全貌的緣故，可是寺雖高，竹更高，幾根綠竹硬是頑皮地在我鏡頭前的風裡搖曳不止，無可奈何地一轉身，就被鳳凰木的枝葉勾引了，太近了，也太碧瑩了，透過鏡頭看她，一陣風來，樹上的蜈蚣瓣居然全體玉立，我決定要把她這樣的姿態拍下來。」

覃雲生為此有史以來第一次在電視轉播的睽睽眾目下受獎，得獎是因為：「以綠葉造形，產生書名『碧玉』的聯想與『葉層層』的實感，構思巧妙。」

他興奮，我也開心，一直以來，我把每本書的封面都看成一張臉，除了五官端正，更希望讓每位讀者看來「順眼」，當然，如能予人賞心悅目之感，就更是我心目中的理想封面。

後期的爾雅叢書，幾乎超過百分之八十，均由曾堯生和嚴君怡設計，君怡是二〇〇〇年加入曾堯生的「大觀視覺顧問公司」，而堯生在成立大觀之前，他就為爾雅叢書設計了不少封面，記得他第一次接手的是亮軒《筆硯船》的新版本——《假如人生像火車，我愛火車》，如此古怪又如此長的新書名，讓堯生印象深刻，之後，陸陸續續為爾雅設計了許多封面，其中《文化苦旅》、《新文化苦旅》、《山居筆記》等都是爾雅老讀者最熟悉的，還有《杜甫的五城》和《到綠光咖啡屋聽巴哈，讀余秋雨》；一九九八年曾堯生、任翠芬夫婦成立了大觀，有了自己的公司，堯生立即忙碌起來，招兵買馬，引進不少新銳工作同仁，嚴君怡就是其中之一，堯生慢慢帶著她，開始為爾雅設計封面，君怡第一張為爾雅設計的封面是郭強生的《書生》，不久，堯生發現，我非常欣賞君怡的作品，只要出自君怡之手，我總是拍手叫好，於是，堯生後來索性將設計爾雅封面之事，全部放手交給君怡了。

為每一本書尋找一張合適的封面，向來是出版社的一個難題，因為一張封面設計出來，首先要讓一本書的主人——作者滿意，這就不是一件容易的事，有些作者，從圖案、顏色、字體，往往和設計人有不同的想法，出版人擋在中間，常常兩面為難，而學美術的人，特別是藝術家，十有八、九都是性格人物，有時對於別人要求修改自己的作品，很容易產生抗拒感，還好，君怡個性溫和，更確切的說，她拿出來的作品，和爾雅的調性契合，稍有更動，她也並不介意，難怪，這些年我就很少一本本再到外面尋找新的合作人，何況君怡早已摸出一種爾雅味，帶著爾雅風的「爾雅叢書」也就一本本誕生於書市，算算，時光真快，君怡和爾雅合作前後竟然即將二十年，最近堯生為她到大觀任職二十年，特為她舉辦一個作品回顧展，爾雅是她豐碩成果的獲利者，在此要向她說聲謝謝，感謝我們二十年的愉快合作，祝福君怡，往後創作路上走得更順，也能永遠保持一種快樂工作的情緒！

120個爾雅封面

就連海棠花一朵朵的都還有個伴

雜亂的辦公室處處有寶貝，只要我尋找某一物件，幾乎就會不經意出現一件讓我久久思索不已的珍貴之物，譬如此刻突然置於眼前的一個牛皮紙封套。

是封套上的字吸引了我，啊，王慶麟，那不是詩人瘂弦的字嗎？瘂弦的字好像胡適的字一樣耐看，厚厚一包，牛皮紙封套裡到底裝了些什麼呢？我已完全不記得。

打開來，是一疊筆記紙，首頁，是一封瘂弦學長寫於二〇〇二年一月十六日的信：

隱地：

在商業學院如此貧瘠的土壤上種詩，長不長莊稼？答案是：可以。再給我一個學期的時間，我保證有所收穫。只是我要回溫哥華了。這兩天，同學們正跟我惜別。

我在育達講了四個小時你的詩，學生們有所感受，孩子們懂了，你讀讀他們的隨堂作業就會知道。

鍾莉玲說：「就連海棠花一朵朵的都還有個伴」，提醒了我的解讀是錯的。讀詩的心靈，不是靠學問。

這些隨堂作業都是以「平時成績」記分的，我已經打過分。你看過，就丟掉吧。

這一年在臺灣我們見面的機會較多，與老友聊天，確是人生一大享受。你在各方面都有成績，令我羨佩。祝福

瘂弦上　2002．1．16

信雖只一頁，在瘂弦給我的數十封信中，仍算是長的，通常，由於他是《聯合報》副刊主編，日理萬機之餘，每日要應付四面八方的來稿，而他總是為了不讓投稿人失望，盡可能自己回信，退稿時，還會寫一兩句安慰的話，我最常讀到的是，他的四字名言「稍遲即刊」，一方面告訴我，收到了稿件，也報了好消息；但何時刊出，就難測了，快則一周，慢則一月，偶爾望穿秋水，每日清晨翻開副刊，一次次失望，有時竟然過了三、四個月，仍然未見投去的稿件刊登，向文友抱怨，卻聽到這樣回話：「三、四個月沒登，不算什麼，我們許多人的詩作，一年未登，也是常事！」

這「稍遲即刊」四字，還真值得玩味，遲有「等待」、「遲緩」的意思，慢慢等待，

等個一年半載算什麼，人家王寶釧苦守寒窯十八年，最後回來的仍然是一個負心的人。

日子在飛，瘂弦給我的這封信，寫於十七年前，那時他已從《聯合報》退休，並移民至加拿大，偶爾倦怠了寂寞的移民生活，也會回臺北看看朋友，順便兼些課，二〇〇二年，他在育達商業技術學院通識教育中心教書，他教國文，會在課堂上談談新詩，我在《法式裸睡》中的兩首詩，被他選為教材，他說用了四個小時講我的詩，我想不可能只談其中兩首〈扎掙的心〉和〈獨孤之旅〉，可能也講評我其他的詩，但寄給我三十份同學的隨堂作業，都是前面提到的兩首，十七年前，文學書籍尚未像現在這般冷落，臺北文壇作家送往迎來，我也夾在其中跟著忙碌，信件也多，所以瘂弦的這疊牛皮紙封袋裡的信件沒有太放在心上，如今中間隔了十七年的時間，這些留下的筆記作業，無形中加入了歷史的元素，立即顯得珍貴起來，於是仔細的讀了三十位同學的每一則感

想，比照眼前，紙本書和文學作品都已如棄兒！啊，現在的職校多半已改成科技大學，科技、科技，在文明世界裡處處顯現的野蠻，「科技」是功是過，值得現代人深思。如今同學們還會努力的寫些讀詩報告嗎？似乎不再有老師教詩，就算還有少數老師仍然教詩，要每位同學動筆寫心得，幾乎是不可能的事，筆，在紙上寫出沙沙的聲音，早就成為絕響了！

紙本書即將隨鉛字一同消失的年代，痖弦的這袋牛皮信封，格外凸顯珍貴。

原載二〇二〇年三月二十五日
《聯合報》副刊

一瞥成永恆

——一個懷念書牆的出版人

一

作家木心說，上帝造人是一個一個造的，手工技術水平極不穩定，正品少之又少，次品大堆大堆。

人不怕生在平凡家庭，人也不怕在「次品」級的環境裡成長，甚至，身為次品，亦不必自卑，只要有一顆上進心，努力學習，養成閱讀習慣，次品級的凡人，我認為仍可成為社會的中堅，最重要的，自己因而可以活得信心滿滿且過有意義的一生。

文學就是洗滌人心，而出版，則是將優良文學作品，呈現於世。

在老出版人眼裡，出版僅分兩大類——文學和非文學，文學包括詩、小說和散文以及分析詩、小說、散文的評論，除此四項的一切書籍，均歸類在非文學項下；上一個世紀七〇年代前後，文學書和非文學書在市場上流通的比例約為七比三，如今社會丕變，受種種科技產品影響，人們追求的是聲光之娛，安靜的在家裡讀本小說，或欣賞幾首詩，似乎那樣的年代，離我們越來越遙遠了。

二

時光浪濤洶湧，一波波襲來，一九四七年，十歲從基隆來臺的一個不識字小朋友如今已八十有三，他不退休，仍日日坐在編輯檯上編書寫稿，他從不覺得累，在他的觀念裡，男人永遠要有一張辦公桌，他最快樂的時光，就是坐在編輯檯上，他始終相信，從工作中獲得的快樂，境界最高，特別當他摸著書、看著書……啊這位一輩子與書為伍的老者，做夢也不曾想到，當年他最羨慕的一個人，後來幾乎影響他整個人生。

那人有許多名字，對了，其中一個，還上了報紙新聞，我只提他在《文星雜誌》當編輯時用的一個筆名張平，那年，老者還是一個文藝青年，張平曾帶他去了自己書房——四面都是落地書牆，只在房間中央放置一張椅子，張平說，那是我沉思和閱讀的地方；青年羨慕他坐擁書城，可怪的是張平先生畢生只讀書，他在「文星」編輯室批稿、改稿，自己偶爾也用筆名在《文星》上寫幾篇隨筆，但他走的時候沒有留下一本自己的書；大多數編輯，讀多了別人的稿件，最後也會舞文弄墨一番，甚至棄編輯而成了作家，惟有張平先生好像一開始就不準備出書，他有些像蔣宋美齡，腦海裡藏著許多人間秘辛，寧願隨風而逝，也不讓是非繼續流傳，顯然，張平先生是一位神秘之人。

而我的愛書，卻來自對張平書牆的一瞥，真可說一瞥成永恆！

是的，那個四面書牆的房間，永遠留在我心中，更因而，影響我也成為終身追逐書的人，甚至一生成為出版人。

三

上個世紀七〇年代、八〇年代是爾雅最風光的年代，說到「五小」——純文學、大地、爾雅、洪範和九歌這五家文學出版社，四十五歲以上稍為涉獵文學，多少會留有一些記憶，也讀過它們出版的書籍，譬如彭歌、何凡、林海音、余光中、子敏、唐魯孫、琦君、王鼎鈞、白先勇、歐陽子、余秋雨、張曉風、席慕蓉、愛亞、張系國、瘂弦、楊牧、簡媜、蕭颯、杏林子……文壇上當年響叮噹的人物，幾乎全部的書都在這幾家出版社出版……那是文人最光燦燦的年代，出書、演講……只要有他們的影子，就會有一堆書迷簇擁著，每年信義路上「國際學舍」舉辦書展，或中華路上的「國軍文藝活動中心」以及臺大「僑光堂」，年年書展總是水洩不通，那是知識飢渴的年代，也是瘋狂閱讀的年代，峨嵋街上的「文星書店」當年因政治因素被迫關門，關門前一天，從清晨到黑夜，書店裡擠滿搶購書籍的讀者，夜深時硬是把一書店的書全搬光了，出版人蕭孟能因而擁有現金無數，但就是不能再辦雜誌或開書店，他只得改做建築商人，成了信義路上「水晶大廈」的建造人。

爾雅在那樣的年代繼起，也成了眾多出版社的獲利者，愛書人讓我滿足了自己的出版夢。甚至接續完成一九六八年未曾實現的創辦「年度小說選」的文學大夢，接著又得到了張默、向明、李瑞騰、張漢良、蕭蕭、向陽等詩人協助完成了「年度詩選」的創辦，乘勝追擊，更史無前例的邀請陳幸蕙一連編了五年的「年度文學批評選」，想到一個文學出版社賺了錢，應當實踐自己做為一個文藝青年時期做過的夢，透過爾雅，曾先後為作家拍照片，先後出版《作家之旅》（謝春德）、《作家的影象》（徐宏義）、《風采》（周相露）等書，為作家出版紀念文集（如《徐訏二三事》、《野馬停蹄——司馬桑敦紀念文集》、《死不透的歌——沙牧紀念詩集》），為作家辦文學獎（洪醒夫小說獎）……一九七八年，爾雅就聯合大地、大漢、文華、四季、名人、名門、長橋、長鯨、故鄉、洪範、純文學、桂冠、牧童、書評書目、遠景、遠流、遠行、漢聲、聯亞等二十家出版社，由我編了一冊《聯合書目》，免費送給讀友；一九八四年，又聯合「五小」——純文學、大地、爾雅、洪範、九歌，請當時主編楊宗潤編了一冊《五家書目》，不久擴充為《八家書目》（增加遠流、戶外和經濟與生活出版公司），一九九二年，出版詩人張默主編的《臺灣現代詩編目》（一九四九—一九九一）；一九九四年又出版《當代臺灣作家編目》（一九四九—一九九三爾雅篇），由張默和我合編，這些小小的舉措，影響了公部門，也開始為作家編製作品目錄，整理各項資料，逐年出版臺灣文學年鑑，二〇〇七年，國立臺灣文學館委託《文訊》主編三大冊有關二五三九位作家的小傳、書目以及各方面成就的彙編，而這樣一套書反過來讓我在寫《五十年臺灣文學記憶》時，獲益良多。

進入二十一世紀二〇年代，出版業面臨史無前例的挑戰，手機和臉書讓實體書店快速關門，出版社出了書，不知送往何處銷售，面對電子書，頗為茫然，幸虧我仍手握紙筆，就算寫書自娛吧，至少，我已將腦海中對文壇的記憶寫了下來，啊，我是一個盡職的記錄者，夜深人靜，獨自看著一屋子的書，我常想起張平先生，他讓我的人生在荒涼中仍感豐美厚實。

附註

本篇於二〇二〇年二月二十九日《聯合報》副刊「周末書房」刊出時，篇名為〈一個懷念書牆的出版人〉。

我仍然擁有一個讀詩的早晨

瑜雯：

平地一聲雷，打開三月二日《中國時報》「人間」副刊，透過義芝的筆，知道宇文正開始寫詩了，不，不是開始寫詩，而是出版了你的第一冊詩集。

陳義芝讀到你美麗詩篇背後的控訴，也因此你的詩超越了只是感嘆生命而有了高度。

閱讀你的詩集，開頭第一句：「有一天，我很老很老了，」寫這樣句子的詩人，我保證她一定還沒有老，到底幾歲算老人呢？法定年齡，好像到了六十五歲，就成了老人，但心理年齡未必如此，我自己七十歲時，仍毫不覺得自己老，還出版了《春天窗前的七十歲少年》——有人說寫詩的人不易老，五十七歲才寫第一首詩的我，立即被人說是詩壇新人，啊，那幾年日子過得飄飄然，只要寫了一首詩，或在報刊雜誌上發表一首詩，我總是中午找一間很有格調的餐廳一面閱讀一面吃午餐，當然更重要的，在閱讀和吃飯之間，一定要啜飲一口咖啡，有了咖啡，整個用餐過程就流瀉成一首詩，也如鋼琴協奏曲般的輕快，那時，是上個世紀九〇年代中期，在南京東路伊通街的巷子裡有一家「百鄉餐廳」，每天供應赫爾辛基式的匈牙利牛肉飯，麥芽煎魚尤其好，當然，更好的是前菜和湯，麵包也考究，這樣說來，餐間的咖啡怎麼會差呢？何況他們的牆上還掛著影星費雯麗微笑（那麼神祕）的照片，另一面牆上則是詹姆斯・狄恩和瑪麗蓮夢露，都曾是我們成長歲月裡的風雲人物，不會寫詩的人，看了那些照片，吃了那些食物禁不住也想哼起歌來，當然，手中有筆，詩神微笑來拜訪，原先為了刊出一首詩外出吃飯慶祝，沒想到離開餐廳經常也帶著一首詩回家。

就是那樣的日子，我快樂，快樂讓我這個五十七歲才寫詩的人，十年裡一共出版了六冊詩集，從五十七到六十七歲，是我生命澎湃精神飛揚的年代，而這種快樂似乎一直延伸，以致於到了七十歲，仍然自以為是少年。

現在又跟來了一個女少年，她比我還早一年就出版詩集了，她說：「請在十八歲那年遇見我」、「請在二十八歲那年遇見我」、「不然請在三十八歲那年遇見我」、「無論如何請在早晨遇見我」……當我讀到「我還擁有一個新鮮的早晨」，一點也不錯，我，早已過了四十八歲、五十八歲、六十八歲、七十八歲，但我仍然每天擁有一個早晨，一個可以讀詩的早晨，詩人永不老，儘管有些詩人散步遠去，但遠去的詩人，仍在雲間寫詩，譬如羅門（韓仁存，一九二八—二〇一七），你不相信他仍在大聲朗誦自己的詩嗎？

而我，今早仍擁有一個新鮮的早晨，誰會讓我相信，八十三歲的我，竟然讀到從不寫詩的宇文正寫的詩句：「最怕海呵海呵把心搖到了遠方。」

是啊，傖俗的日常，一定要把心搖到遠方，才會讓我們看見飛舞的蝴蝶，美麗的滿天星光。

詩是天空裡偶然飄過的一朵雲，瑜雯，謝謝你以快遞寄來你的第一本有著長長書名的詩集——《我是最纖巧的容器承載今天的雲》，打破了我爾雅八百五十冊出版物最長書名紀錄的保持者——《假如人生像火車，我愛人生》，亮軒的散文集，亮軒啊，你幾歲了，為何還不趕快寫詩，天邊一朵雲，飄過去後還會回來嗎？

寫第一首詩，大多數詩人都還是十七歲，但詩人艾略特說：「三十歲以後還繼續寫詩，才算真正詩人。」其實不管幾歲，寫詩的年代都是快樂的，出版《法式裸睡》時，我已五十六歲，但彷彿聽見了自己的心跳，啊，那不真像遇到了愛情，談愛的年齡，管你幾歲，誰不像活在雲裡、夢裡。所以，瑜雯，請一定要——

繼續寫詩

隱地　二〇二〇年三月十七日

附註

信是三月十七日發出去的，由於一路走來，當久了編輯，始終保持和朋友寫信的習慣，但因信在寄出去前，自己又讀一遍，深覺此信更像一篇讀詩筆記，保持了拙著《人人都有困境，讀一首詩吧！》的脈絡，因此放進本書中，校對時，稍稍更動幾個字，同時也增加了一小段，讓全文讀起來周全些。

當美麗如花的舊金山也宣布封城，屬於詩人的跳舞年代已經過去……

啊，想起喻麗清（一九四五—二〇一七），她是散文家，早年也曾鍾情於詩，當她住在舊金山時，曾寄過一張風景明信片給我，上面有一句永遠令我難忘的話：「庭院靜好，歲月無驚！」病毒瘟疫年代，幸虧她已不在，否則，唯美且求心安的她，會顯得多麼遺憾和恐懼！

有誰會想到，連向來強悍的小說家於梨華（一九二九—二〇二〇），也傳來她於四月三十日晚上因新冠肺炎，病逝於馬里蘭州一家養老院，原來病毒瘟神竟然和我們靠得這麼近！

附錄

《讀一首詩吧！》

——隱地著，爾雅出版

愛讀書

困頓時代，「阻擋著我們的竟是一團棉花」，隱地（一九三七—）洞穿現今世界種種惡謀，但又該如何面對「生命中不可承受之輕」？不如「讀一首詩吧」。不只欣欣然讀詩，且不要拒絕那些「讀得懂的詩」——據此，或擔任解說員般，細數一首詩的身世，如王愷或景翔的舊作，提醒我們畫家和影評人也曾是詩人；如播放紀錄片般，倒帶一首詩的盛世，如瘂弦的〈如歌的行板〉或楊喚的〈我是忙碌的〉；如溫良長輩般，聆聽相對年輕者，如李進文和隱匿所抒發的詩聲；如熱情的見證者般，欣羨著丁文智、向明老而彌壯且創作不輟；或也惦記著幾個心愛的創作者，如艾農，翹首盼望他未誕生的詩集……每一篇被挑選的詩作，隱地都貢獻了他的詩觀與賞析，其後是文本與詩人簡介，收錄之詩橫跨多個世代，類型多元，是一冊「詩人與詩的故事」。

轉載自二〇一〇年十月十一日
《自由時報》副刊（蔡素芬．孫梓評主編）

繁星滿天

——宇文正和琦君

因為宇文正的詩，回過頭去，繼續尋找宇文正其他的文類，愈發讀出趣味。

本名鄭瑜雯的宇文正，福建林森縣人，一九六四年生於臺灣基隆。

像大多數七〇年代臺灣成長的孩子，如果小時候就愛看課外書，多半先從東方出版社的注音符號書看起，宇文正也一樣，後來她過渡到大人書的世界，第一本讀的是琦君一九七五年在爾雅出版的《三更有夢書當枕》。

如果琦君一九七五年的新書一出版，宇文正就讀到了，那一年她應該才十一歲。不是小五生，就是正在讀小六。

一點也不錯，爾雅第一批創業書出版時，我發現無論琦君的《三更有夢書當枕》或王鼎鈞《開放的人生》，確實擁有大量小五、小六生書迷，那些年，包括一直到一九八八年，因「爾雅叢書」受到各方喜愛，讓我榮幸地經常受邀到各處演講，每逢讀者提問：

「為何爾雅出版的書本本好銷，你們最主要的讀者群是誰？」我每次的回答都說：「學生！從小五到大三，都是爾雅的讀者群！」

那是學生愛閱讀的年代，七〇年代沒有電腦、手機、網路，大家的求知，都透過閱讀，學生最喜歡的娛樂就是看書、看報和看電影……琦君是宇文正文學上的啟蒙師，接下來的一連串發展，連宇文正也永遠不曾想到，隔了二十多年後，宇文正來到琦君身邊，「聽她說小時候的事，聽她唱平劇，為她寫傳記……」宇文正竟然成為《永遠的童話——琦君傳》（二〇〇六年，三民）的作者，世間若真有緣分，宇文正深信：「這是最美好的一種善緣！」

宇文正說自己是讀琦君的書長大的，也因而萌生當作家的念頭——如今美夢成真，先後出版了長短篇小說，散文集無數，二〇二〇年還出版詩集，最令人難以想像的是，她還是一位烹飪高手，出版了兩本食譜，講甜食作法的《微糖年代》以及講中西餐作法的《微鹽年代》，食譜強調微糖、微鹽，可見她講究養生之道，顯然她的食譜也是養生食譜，這兩本食譜以姊妹書的方式，合成一本，但更稀奇的是，無論鹹甜，二十四道食譜，竟然奉送二十四篇小說，這些小說寫得有模有樣，並不像贈品，真是一本天下奇書！

當我正在嘖嘖稱奇，又發現她的小說集《臺北卡農》以及散文集《我將如何記憶你》，難怪前《聯合報》副刊主編陳義芝離職前往師大擔任教職時，推薦她接下自己的重擔。

琦君必定在天上微笑，她好高興知道當年的小讀者，如今不但當上了《聯合報》副刊主編，還不停地寫出美麗詩篇。

宇文正的一支健筆，在各種文類上的表現均讓人驚豔，但她凡事深藏不露，山峰隱藏山間，大樹在森林中默默茁壯，歲月會淬礪她成為美麗的天空，她在文學上的成就將是繁星滿天！

八○年代初，景翔（左）邀請張拓蕪（中）與隱地（右）至家中用餐，並於餐後合影。

二○○○年，景翔和吳孟樵都是影評人，經常一起看電影，所以景翔請隱地相聚時，也常請孟樵一起參加。

愛琴海詩人飛走了

——長夜思景翔

「總覺得你該是愛琴海邊的那個金黃色的少年」，景翔，這是你的詩句，我覺得你就是在寫你自己。

我們是女師附小同學，彼時五〇年代中期，還是克難年代，但貧苦憂愁是屬於大人們的事，我們小孩子仍然快樂地奔跑，景翔和我雖不同班，但原名華景彊的他、我老聽到同學們在喊華景彊的名字，從小就聽熟了，因為就在隔壁班，他們班上的第一名谷多齡是女生，景翔尾隨其後，他是永遠的第二名，景翔從小就長得帥，人見人愛，因此有小王子的稱號，和他同座的是他們班上最美的小小班花，人人稱她小公主，可小王子毫無喜色，景翔在桌子中央劃了一道線，小公主稍稍越界，就會被景翔警告，為此同學都說華景彊不愛女生。

景翔自己也承認：「會看漂亮男生是從小就有的習慣。」

和景翔相知相熟，是在一九七〇年我編《青溪雜誌》時，為他開闢了一個影劇專欄：「超級巨星，十六個導演訪問記」，景翔一支譯筆，早年就聞名於臺灣，他每期為《青溪》介紹一位導演，在當年電影書籍缺乏的情況下，這個專欄引起了各方注目，也從此展開景翔和我超過半世紀的友誼。由《青溪》、《書評書目》甚至一九七五年創辦爾雅出版社，他也成了爾雅的股東，雖然一年後他就退出，並未影響我們的友情，他的譯著一本接一本在爾雅出版，包括上下冊的長篇小說《他們（雲泥）》，但在景翔心目中，我深知他最希望有人將他早年的詩創作出個集子，這件事至少拖延了三十年。最初是景翔忙碌，他有譯不完的稿，影評人的身分，更使他分身乏術，沒有時間好好整理他的詩稿。後來，爾雅的業績開始往下滑，而詩是票房毒藥，景翔已多年不寫詩，為他出詩集，銷路當然好不到哪裡去，他不主動交出詩稿，也就不去催他。但景翔是爾雅最初的合夥人，無論如何，我一定要為他的詩集空出個位子。

記得二〇〇五年七月二十日，爾雅三十周年慶，我突然想著爾雅最初的合作夥伴，很想請老友景翔吃頓飯，聊聊往事，可我一天拖著一天，拖了將近四個月，終於在十一月十五日，我們約在敦化南路一家俄羅斯餐廳見面，一談三小時，所有年輕時候的任何話題線頭均可接得回來。老友就是老友，我說喜歡南韓導演金基德的《空屋情人》，第二天他立即傳來兩頁關於金基德的簡介和他全部作品的影片目錄。

五十年前認識的兩個孩子，隔了半個世紀，還能面對面一起吃飯聊天當然是一種彌足珍貴的友情。景翔更不容易的是晚年親自照顧都已靠近一百歲的父母，陪著他們頤養天年。

景翔出道甚早，早在一九七八年，他就和翻譯家張振玉、彭歌、胡品清、殷張蘭熙、宣誠、崔文瑜、陳蒼多、劉慕沙、張時等平起平坐，一起出席由胡子丹創辦的《翻譯天地》舉辦的「翻譯人茶會」大談翻譯經。

一九四一年生於江西的景翔，浙江紹興人，臺北工專土木科畢業，其父華振之老先生，一生嚮往徐霞客式的旅遊人生，寫下三本《故國神遊》，於七〇年代初列為我主編的《書評書目》叢書，是一套當時甚受歡迎的遊記；爾雅出版社初創，由於地址登記在我北投公館街家中，寄書不便，而創業書《開放的人生》意外湧來大量預約訂單，為了方便處理寄書，當時就在金門街華府客廳寫封套、裝訂，連華伯父、華伯母都一起幫忙，景翔此時正為爾雅奔波，因我幼時家住寧波西街，希望爾雅能在城南租一辦公室，景翔為我覓得廈門街一一三巷十二號租屋一間，自此爾雅就在那條住著大名鼎鼎詩人余光中的巷子裡掛起了招牌，一年後，另一位詩人楊牧，還有瘂弦，也說要合辦出版社，社址就在同一條巷子的對面，透過瘂弦介紹，這家取名「洪範書店」的另一位實際負責人葉步榮先生，希望爾雅做他們的發行總經銷，廈門街一一三巷如今被稱為文學巷，真正的關鍵人物說來應該歸功景翔。

景翔一向很會享受生活，從小就是一位少爺，他父母離開後，即使一個人生活，他仍然每餐保持四菜一湯，他懂得烹飪，生活裡的一切難不倒他。

二〇一二年，景翔見我終於向他約稿，興奮地翻箱倒篋，找不到的詩作，他也憑記憶，一一拜訪朋友為他到圖書館尋找，到幾家刊登過他詩作的雜誌社去影印，排出來，只有一七七頁，稍嫌單薄，於是他決定，寫些詩作背後的故事，有了這一部分，詩和詩人全站了出來，景翔藉《長夜之旅》為自己的同志身分出櫃，終於把自己一直隱藏著的隱痛說了出來，老來能做真正的自己，表示一切都放下了。

但如今事後諸葛亮，也許我該做個負心的人，不要為他出版這本彷若魔咒之書，《長夜之旅》出版未久，景翔先是說因經年累月譯書不停，脊椎椎間盤磨損，醫生要他動刀，朋友勸他三思，他自己也有所顧忌，拖著拖著，時間久了，壓迫神經，終至患了敗血症，一次因重感冒，住進仁愛醫院，病情迅速惡化，需氣切急救，他姊姊在旁問他自己的想法，景翔表現出來的是強烈的求生意志。

氣切初期，雖無法說話，但他意識清醒，仍可藉一塊白板和朋友以寫字溝通，但後來，原先輕微的帕金森症惡化，寫出來的字讓朋友無法相識，自此，景翔的人生從堅強變得氣餒，前後六、七年長年臥病醫院，成了真正無休無止的「長夜之旅」。一個七〇年代、身材修長的美男子，日日夜夜為病魔折磨，身體彷若一塊木頭裡住著蛀蟲，無止盡的啃食，聰明如景翔，他心底早已在淌血，最後幾次，《文訊》封德屏社長帶了我和另外一些老朋友想去慰問他，我看出他臉上表情的不耐，且故意不肯張眼，將心比心，如果是我自己長期臥病在床亦不盼望老朋友們出現，於是我們識相地離開，只在心底默祝，天下苦人何其多，老天仁慈，讓天下蒼生能行其所行吧！

景翔於二〇二〇年四月十三日離開人世，我想到曾和他一起在《時報周刊》服務的沈臨彬，他們都是有才氣的詩人，也都是我青少年時期的老友，如今都自由自在的在天上飛翔，沈臨彬一向愛開玩笑，看到景翔，他一定會問：老柯最近如何？

天上人間，兩位老兄弟啊，我正抬頭望天想著你們，沒看到嗎？

原載二〇二〇年五月號
《文訊雜誌》總號第四一五期

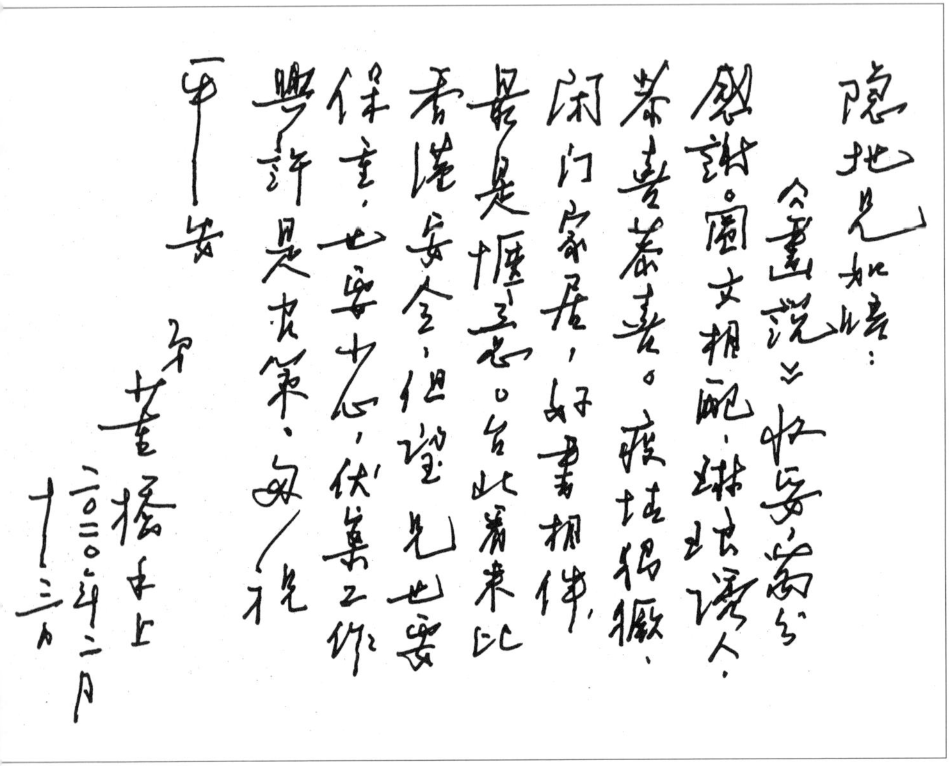

隱地兄如晤：

《畫說》收妥，萬分感謝。圖文相配，琳琅誘人，恭喜恭喜。疫情猖獗，閉门家居，好書相伴，最是愜意。台北看來比香港安全，但望兄也要保重，也要小心，伏案工作興許是良策，匆匆 祝

平安

弟 董橋 上

二〇二〇年二月十三日

作家董橋收到《畫說》，寫給隱地的回信。

青新哥的繪畫世界

兄弟詩畫書《未末》和《畫說》，出版後送了一些書出去，收到不少朋友的回音，最先給我信的是剛從普羅旺斯返臺的查二嬌，她說：「令兄畫作筆調、色彩率性揮灑，流露真情，而〈閃躲〉一文，正是我在異國山城小巷石路漫走時的心情，真是寫入人的心坎。」

寫過許多古典論評的琹涵則說：「《未末》是一本特別的書，彰顯了兄弟之情，非常有意義。」

「令兄的畫，有素人的氛圍，卻又比素人畫家的作品更為豐美與細緻……我個人更喜歡《畫說》一書，拿詩和畫來搭配，多麼好！或許，也因為詩和畫都講究餘味不盡吧。」

我女師附小時期的同學張延生，到了老年仍保持熱愛閱讀的習慣，雖然和她老公長居美國，我這個剛好從事出版又愛寫作的同學，很自然地會寄些書給她，特別六十年後難得在女師附小校友會上又相遇重逢，他們賢伉儷去江西景德鎮，知道我愛喝咖啡，還特別為我尋覓一組咖啡杯，於是我寄書寄得更勤快了。她給我的信上直呼我的名字：「柯青華，太感謝你送的《未末》這本書，它太有意義了，柯青新想必就是當年支持你去歐洲旅遊增長見識的大哥吧！你們二人均有你們父親優秀特質，他的畫很獨創，有鄉土氣息，予人真誠之感。」只有老同學會呼名道姓，被她一喊，彷彿自己又回到公園路女師附小時代，那時我們一下課，不分男女同學，就會玩起「騎馬打仗」的遊戲，張延生也記得小學時只要老師請假，我會主動上台對著同學們有說不完的故事。

二〇二〇年四月剛在爾雅出版，以畫家常玉為題材寫成長篇小說《天才的印記》的畫家刁卿蕙，收到贈書後也給了我一信：「《畫說——兄弟詩畫集》讀得舒心。畫，一派天真；詩，純摯自然。

我羨慕令兄運筆無羈，有兒童的浪漫，對我而言，這是很難企及的境界，感受到他的愉悅，讀得忍不住微笑，謝謝送我這本可愛的書。」

畫家何懷碩教授則說：「收到《畫說》，深感你兄弟的幸福；〈虎姑婆〉畫得好；〈山說〉很有哲思。八、九十歲，向一百邁進，而能遊戲筆墨文字，不亦快哉！」

而和我結拜一甲子的小敏姊姊，人雖在病中，仍撐起身子從美國寫信給我，她說：「青華，書早收到，是我的床頭書，每天早晚讀幾頁，很享受，很開心，想到你居然能讓九十高齡的哥哥，發揮出來他的才華，出版兄弟詩畫集，這對任何人都是一種最大的鼓勵……請轉告哥哥說他畫得真好，字也寫得好，像有好幾十年的功底，真不容易。」

和青新哥一起合作出版兄弟書畫集《未末》純屬偶然，倒是早有為青新哥出本傳記的想法，此事長存於心至少二十年，但每回提起，均遭他回絕，可能和他一向不願張揚的個性有關，青新哥處事向來果斷，我也就不勉強他了。

在我心目中，青新哥是位奇人，值得大書特書，記得當年八十七歲的他，仍每天在做股票，世界經濟和金融，各種數字，全在他腦裡，他二十年前的許多預言，後來一一應驗，他對世事觀察力之敏銳，讓人吃驚。

青新哥長年養成閱讀習慣，對於中華民國大好江山，到底是怎麼失去的，他始終想破解謎題，對於現代史方面的書，尤感興趣；大概在三年前因讀到沈龍朱的一篇講稿，提到其父沈從文先生說的一段話：「用筆寫文字，但是覺得不及繪畫能更好的傳達，繪畫不及數學，數學不及音樂」。

就是這幾句話，牢牢影響了九十歲的青新哥。

對他來說，他有超人一等的智慧，頭腦靈敏，凡事難不倒他，但每每提筆想把自己心裡的想法用文字寫下來，卻總感力不從心，無法暢所欲言，讀到那句話之後，忽然靈光乍現——或許改用繪畫，也能夠表達自己對生命的認知，青新哥似乎已很有信心的找到了答案。

可能基因來自祖父和父親吧，我們柯家人向來劍及履及，青新哥當下即要求女兒寧寧陪他先到師大美術館看畫展，之後去師大附近的國畫美術社購買了筆墨紙硯，回家還正正式式地布置了一間畫室，第二天就從基本功——「練字」開始，按部就班展開了他的繪畫之旅！

青新哥十五歲時，離開家鄉烏牛鄉，跟著當時擔任醫療防疫隊長的叔叔，在浙江龍泉縣政府做過短時期的收發員，當時所有的公文行文均用毛筆字，放牛郎就在那時奠定了一點點寫字的基礎，隔了七十五年，青新哥決定就從正楷毛筆字，重新起步開始練吧！

一面練字，一面利用網路的 YouTube 觀賞多位老師的國畫教學，後來又到故宮購買畫冊和字帖，整整練了三個月之後，終於提筆畫畫。

先依樣畫葫蘆，從竹木、山水、花卉、蟲鳥，仿畫一段時日，之後心隨意轉，把埋在心底少年時代對家鄉的一些記憶、斷片試著畫下來——譬如在溫州烏牛鄉放牛時的景色，求學其間進城必搭的渡船，從軍時旅經山東的孔陵，偶爾也畫一些內心嚮往的景點，真可謂：「一支畫筆遊天下」，不但遊盡中國的山川古道，也遊向世界江河……別人是「書中日月長」，青新哥是「畫中無日月」，從每周畫二次，欲罷不能，很快的，畫室成為他的遊樂室，幾乎一周七天，他竟然有六天，除了吃飯睡覺，總不忘要畫他一個痛快。

對繪畫到了近乎迷戀的階段，於是他告訴家人，要提醒他吃飯時間，因為只要伏案作畫，他永遠精神奕奕，聽來確實讓人感到神奇。

初到青新哥畫室，我除了羨慕他的窗明几淨、筆墨紙硯完整之外，從未想到他會畫出一本書來，我只想到一般人所謂的玩票性質，就像他中年時期熱愛圍棋，閒來和孩子下一盤，或和朋友一較高下，畫畫寫字更屬自娛，怎會想到九十歲時還有如此驚人之舉，一出手就身手不凡，讓人驚嘆。

二〇一九年春天，我的一本小品集《隱地二百擊》銷罄，為了再版，自己重校一次，發現其中頗有一些篇章，由於時空變易，已不合時宜，應該刪減，刪著刪著，以自己今日之眼，再看出版於十三年前的舊作，刪到後來，二百則小品，只剩下一百則自覺還有付印價值，但明明一本二百頁的書，空出來的一百頁要怎麼辦？再寫一百則嗎，說真的，我已無此動力，突然靈機一動，想到青新哥畫室裡堆滿著無數幅畫，如果他肯答應，我們若能合作出一本書，這點子讓我精神鼓舞，但也一向瞭解青新哥生性淡泊，他畫畫純粹就是自己開心，還記得不久前，朋友看到他的畫作，讚聲連連，建議他開個畫展，立即被他否決，所以當我開口提議，也是帶著明知行不通而姑且一試的心情，意外的，這回他卻毫未猶豫，爽快答應，真是世事難料。

編輯工作立即展開，憑著爾雅已經出版了八百三十種書的經驗，再多出一本，對我來說，真是駕輕就熟，何況做我喜歡做的事，不到兩個月，新書已經展示在書店裡，書名《未末》，玄之又玄，妙之又妙，彷彿天降神旨，越想越覺得真是個好書名。一點也不錯，九十三歲的哥哥和八十三歲的弟弟，突然神來之筆，合出一本書，還意外引出哥哥和嫂嫂五〇年代中期兩人的合影照片，此幅照片被遠在加拿大有「詩儒」稱謂的詩人瘂弦看到，久不握筆寫信的他，天外飛來墨寶書翰，他說：看了哥嫂的儷人合照，看得入神，怎麼「郎才女貌」都出現在柯府了？

瘂弦又在信中對我老哥說：「你的畫不是一般的好，而是非常非常的好，開畫展了沒有？應該開，國內國外各開一次。不開畫展，如錦衣夜行。早就應該開了。」

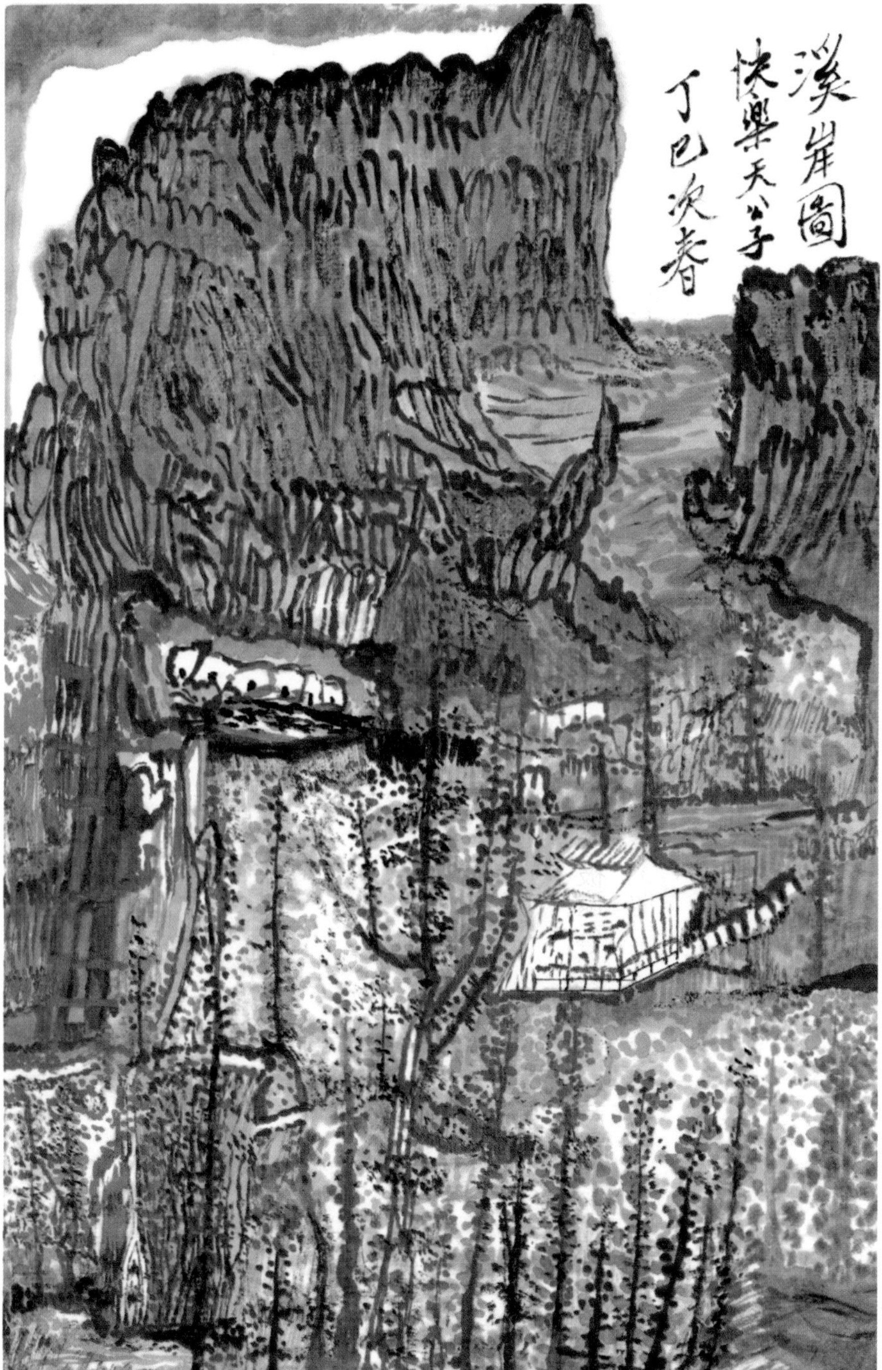
溪岸圖
快樂天公子
丁巳次春

好一句「錦衣夜行」，我細細推敲這四個饒有韻味的字，能夠將不開畫展的遺憾說成「錦衣夜行」，也惟有詩人豐富的聯想力，立即讓畫面跳脫出來。

八十八歲的瘂弦，他說自己老了，很多字他都不會寫了，忘掉了；當年和他一起起步寫詩的羅門、余光中、洛夫都已一一遠行，去了雲的故鄉，但瘂弦幽默猶存，他在信中提醒我胖了（在《未末》一書中，有一張老哥和我在貝里尼餐廳的合影，我臉頰上那塊惹眼的肉，逃不過詩人銳利的眼睛），他怕我傷心，先說他自己也胖了，然後又暗示，人一胖就會只剩下慈祥……

詩人瘂弦顯然還在閱讀，他向我索取一本已斷版的《評論十家》，我記得那冊書裡收了瘂弦為《八十一年詩選》所寫〈年輪的形成〉，三十年前的事了，他還記得，可見他的健康情況尚可，讓朋友們放心。做編者真好，身為編者的我，就是因為編了一冊《評論十家》，將他和余秋雨、齊邦媛、王鼎鈞、李元洛、歐陽子、袁良駿、王德威、蕭蕭、徐學並列，兩岸十位評論家在一本書中出現，瘂弦說：「我第一次被稱為批評家，我得意。」

啊，那是九〇年代初，「年度詩選」剛起步，一個美好的文學年代，我們也都還年輕，瘂弦更是意氣風發，顯然是他最發光發熱的年代，一九九一年，他回到睽違四十二年的河南南陽故鄉，為祖父母、父母掃墓立碑；一九九二年，應香港中文大學之邀，赴港與余光中、李元洛共同參加該校活動，並於大會堂演講〈詩與社會——五、六十年代臺灣詩中的社會意識〉；一九九三年，參加誠品書店「詩的星期五」活動，主講〈朗誦詩與朗誦〉；同年，任教政大中文系，講授「現代詩」課程，不久，又有蘇聯之行，訪莫斯科和聖彼得堡等地，還參觀了普希金、托爾斯泰、杜斯妥也夫斯基、柴可夫斯基等文學家、音樂家故居。

把筆拉回來，再談我哥的畫和他的書。記得《未末》出版後，也寄了一冊給詩人席慕蓉，沒過幾天，接獲她一通至關重要的電話，主要詩人還有另一身分——她是正宗科班出身的畫家，席慕蓉在電話裡對我哥的畫讚不絕口，她說：「隱地，你知道嗎？你哥可不是普通的素人畫家，他的畫無所目的，他只是自己快樂地畫著，他繪畫的境界，正是我們許多畫畫的人最想達到而達不到的……」我將這番話轉述給我哥，青新哥聽到席慕蓉的名字，立即對我說：「你試著問問她，如果我再出一本畫集，她肯不肯為我的書說幾句話。」

接下去的故事是一連串的喜劇，正像書法家和老詩人曹介直說的：「家裡有個出版社真好；無論是編排，無論是印刷，都隨心所欲，做得盡善盡美。」二〇二〇年二月我們兄弟又合作出版了《畫說》，書中出現了令我們兄弟興奮的席慕蓉序文〈兄弟詩畫展〉，她也特地引了沈從文的句子：「誰見過人蓄養鳳凰？誰能束縛月光？」姪女柯寧寧還為此寫了一篇〈我的叔叔〉，整本書更增添了家人同心合力的溫馨天倫之樂。

最後，再借用曹介公信裡的一句話，表達我們兄弟對席慕蓉寫序的感謝：「席慕蓉才兼詩畫，練達人情，以之敘述貴兄弟才藝之表達，情義之譽揚，正所謂相得益彰，不作第二人想也。」

原載二〇二〇年五月十日
《聯合報》副刊

附註

拙作在《聯合報》副刊刊出後，接八七高齡詩人一信來函，他說：「兄弟詩畫雙絕，令人敬羡交加，弟對畫雖外行，但《畫說》一五九頁〈蘭花〉一幅，淡淡幾筆，卻風華萬千，破塵絕世，重筆之作，更懾人心魂」；橫跨六〇至九〇年代，在《聯合報》長期撰寫「三三草」的主人彭歌亦賜函：「謝謝贈書《畫說》，賢昆仲各秉才華，共創佳作，可喜可敬，席慕蓉序文恰說到好處。」；吳東權學長則說：「這兩天涼爽，拜讀《畫說》，有說不出舒暢。席慕蓉的序言，使我更進一步瞭解你，了不起。更令我讚賞的是，你的代後記〈人，樹〉好棒，練達、深邃、高超、簡銳。再說一聲：受益匪淺，由衷仰慕。不是一個謝字了得。」分別已九十三、九十四歲的兩位老作家，對我這個小老弟這麼客氣，讓我臉紅不已，但心裡還是歡喜的，人，誰不愛好聽的話呢？羞愧，羞愧！

兩輯之間

情慾七國

情慾七國

愛麗幫雷蒙翻身擦洗，這個當年和自己肉體歡愛的壯碩男子如今成為瘦骨嶙峋必須常年躺著的病人。她用手幫他按摩，他肌膚的每一部分她都熟悉，只是原先強健的肌肉已完全鬆垮下來，但她腦裡想著的仍是那些如夢如詩的日子。噢，他的前身一定是一頭獅或一頭豹。他們在偷情的小旅館裡，從黑夜狂歡到黎明。雷蒙幾乎不需要睡眠，他一次又一次把快樂和亢奮傳達給她，如無休止的潮水，往她身體衝擊，啊，他們是兩座歡樂的電動馬達，日復一日，年復一年，他們來到這個世上，彷彿是為了彼此裸身擁抱。他們像一對連體嬰，雖非夫妻，他們卻是一對最快樂的永恆情侶。

三十年，雷蒙和她偷情三十年，直到三年前，雷蒙的原配因癌病而死，愛麗以為他們可以辦個手續，從此可以從暗地裡走出來，過一些尋常日子，但造化弄人，雷蒙突然中風，把生活的秩序全打亂了……

中風之後的雷蒙，他的一兒一女兩個孩子完全不管他，偶爾到醫院探望一下，沒有五分鐘就走了，愛麗只好把他弄到家，一生單身的她，家裡突然多了個男人——又是個躺著不能動的病人，使她還真無法適應，以前和他偷情，都是不停地換著賓館、旅館，可從沒把他帶回家裡，這是她一生的原則，她不帶男人回家，她要擁有一個完全屬於自己的小天地，她是職業婦女，她可以擁有情人，但她不願和人同居，何況雷蒙一向有自己的家室，她認為雷蒙是借來的男人，如今男人的元配過世，以為自己命運從此改變，怎會想到雷蒙卻癱瘓了。

沒有人要雷蒙，她只好接他回家，從此她被綁住了，每天為他擦身、洗澡、餵他食物，還要幫他清理穢物，三個月折騰下來，愛麗累得快不成人樣，她覺得長此下去不是辦法，何況，她必需保住自己的職業，否則錢不會從天上掉下來。

不得已她只好幫他申請外勞，可外勞一個個沒做多久就紛紛求去，有一位印傭對她說，雷蒙不老實，幫他洗澡，他都會摸她的乳房，甚至要求讓他的手插進她的私處。

愛麗不相信，有一天，她乘著上班時間偷偷溜回來，果然他正在強暴女外勞，天殺的，愛麗說，我做了什麼孽，老天要這樣懲罰我……

愛麗不知道，雷蒙根本是一匹狼。

愛麗連雷蒙原名叫戚七國也不知道。

戚七國攪不清楚當年父母為何幫他取這麼一個奇特名字，難道他們早就預知他會有七段孽情？

他和父親是男人的兩個極端。他爸爸是一個老實的公務人員，每天上班下班，過著循規蹈矩的生活，和太太結婚五十年，從未發生過緋聞，人人都說他們是一對模範夫婦。戚七國從小像個情種，當他還是小孩子的時候，就愛混在女生堆裡，偏偏他有一張討人歡喜的娃娃臉，身體卻比其他男孩長得壯，所有女孩子以及女孩的媽媽們也都喜愛著他，小小年紀，也不過十歲吧，他卻老愛去摸女孩的臉和女孩的身體。十四歲，他就和一個比他更小的女孩發生雲雨情了，到底小弟弟有沒有放進去，事隔三十多年，他故意不去想它，如今他真的記不清楚，但記得清楚的是他射精了，當年他完全不懂什麼是射精，他只曉得那是一種天旋地轉的舒暢，他一直以為性器只是用來尿尿的，從未想到小弟弟竟然會排出一種黏黏的液體，讓他快樂似神仙。

戚七國早就忘了那小女孩的臉，甚至連她的名字如今也想不起來了，但他卻永遠忘不了小女孩的母親。她的母親永遠笑咪咪的，她有一對細細而銳利的眼睛，把戚七國的一舉一動全看在眼裡，他和她女兒的事，她應該是知道的，但她似乎不發怒，有一次，她把他帶到自己房間，竟然把他摟進懷裡，後來她脫光他的衣服，她把自己也脫光了，那是戚七國生命中永遠不會忘記的一次性愛，自此他彷彿得到性的啟蒙，在女人的國度裡從此長驅直入。

女孩和女孩的母親不久就搬家了，彷彿神秘失蹤，有人說她的爸爸已經聽聞風聲，但奇怪的是始終沒有人來責問戚七國，他只是有一種感覺，學校裡的同學都離他遠遠的，也有人交換著一些神秘眼神，好在不久他也因搬家換了學校，新環境讓他一切重新開始，他參加了籃球隊，身高馬大的他，最得體育老師的寵愛，十七歲的他，看起來完全像一個大人了。

戚七國就是愛看裸體的女人，他到牯嶺街逛書攤，不是為了看小說或是買其他參考書，他只是為了蒐集 Play Boy 和 Penthouse，那些偷偷運進來的外國雜誌裡有無數脫光的洋妞，三點全露，一覽無遺，透過這些裸女，他享受著視覺上的快樂，他也看了無數「小本」，一些地下流傳的西門慶和潘金蓮野史，以及《肉蒲團》和看得他似懂非懂的《素女經》，還有翻譯的《查泰萊夫人和她的情人》，總之，只要和性有關的書籍，不管圖片的和文字的，他全蒐集了，後來他讀到一本法蘭克·哈理斯的《我的性史》，戚七國覺得他要像法蘭克一樣和無數女人交媾，享受快樂的肉體生活。

他在籃球場上叱吒風雲，對他崇拜的女同學不少，有一位也打籃球的謝小曼，個子小小的，可胸部發育健美，引起戚七國的注目，不久兩人就談起戀愛，利用假日，兩人到郊外爬山，爬到無人之處，戚七國就在野地裡逗引著她，謝小曼並不閃躲，且迎合著他，兩個人回到學校之後顯得更親密了。

在那個十分保守的年代，戚七國和謝小曼的大膽行徑立即引起非議，不久，他們經常到山上野合的傳聞，讓謝小曼的父親極為憤怒，他氣沖沖的把女兒從學校帶回家，聽說把女兒吊起來鞭打，從此謝小曼再也沒有返回學校。

後來進了大學，戚七國又把一個女同學的肚子搞大了，還勞動雙方父母上法庭打官司，讓戚七國的父母賠了不少錢。為了讓兒子減少惹是生非，兩老商量結果，早早為他提了親，還沒等戚七國畢業，就先讓他結了婚。

婚後，戚七國老實了一陣子。不過新婚太太可有些受不了，怎麼有這樣的男人，每天一回家就來脫她衣服，白天要，晚上要，這男人，簡直是一頭獸，她真的有些招架不住，也苦不堪言，還好，他畢業後總算去當兵了，讓他安靜了兩年，中間放假回來，硬是把她翻過來覆過去，弄得她筋疲力盡，謝天謝地，幸虧第二天他就回軍營去了。

退伍回來不久，戚七國就讓他太太懷孕了，生下兒子不久，第二年，太太再度懷孕，就在快要生第二胎之前，戚七國遇到了愛麗，愛麗那時候剛從一段感情裡抽身，戚七國彌補了她的痛，而且戚七國比起她的前任男友，在性事上太讓她滿足了，她從來不曾想過，身體像一部快樂機器，彷彿一葉扁舟，搖著搖著，就到了快樂小島。

現在想想，她以前的男友多麼呆板，從頭到尾，性事就那麼幾個動作，好像立正之後就是稍息了，稍息之後仍然回到立正，不過兩個回合，還沒搞清楚是怎麼回事，他已經在穿衣打領帶了。

而雷蒙不是，和雷蒙歡愛，簡直像在唱一首迴旋曲，一曲唱完又是一曲，一波舒暢之後又有新的一波，她幾乎離不開他的身體，他們擁抱著，卻還想擁抱得更緊，是的，他們是兩朵歡樂的雲，遇合在一起，當然更像一座電動馬達。

更奇的是這座電動馬達停掉之後又突然啟動，他到底是什麼怪胎，在中風之後，居然還能有性的衝動。

愛麗開始研讀許多性心理的書籍，她發現是她忽略了雷蒙，她應該自己照顧他，她怎麼可以讓年輕女子為他洗身，觸碰他的性器，等於去撩撥他的火源，雷蒙性慾一向強悍，他的身體雖然不能動了，他腦中的慾火仍旺，他的陰莖似乎永遠在待戰之中，是她太不了解男人，她決定辭去職務全天候照顧雷蒙。

雷蒙歪著嘴巴笑了，他的手又伸進了愛麗的胸罩，只要觸著愛麗的乳房，還有她的私處，他的憨笑彷彿無辜的嬰兒。

愛麗心裡突然閃過一念，到底他是魔鬼還是天使，哦，看來一切命中註定，就讓他繼續做統一七國的秦始皇吧！

（突然天外傳來秦始皇（259BC—210BC）的鬼魂聲音：活著的人兒啊，千萬不要因為我已死了二千二百二十九年，就欺侮我這個老死人，把什麼罪名都加諸在我身上，我統一度量衡，建造長城和阿房宮，我滅亡六國統一天下，我是有抱負、有理想之人，你寫的那混球了不起也只不過是一個西門慶，怎可把他比喻成我秦始皇，真是豈有此理！）

二〇一七年完稿
二〇二〇年三月重新修訂

輯二

無共鳴年代

——一九八八—二〇二〇

認同（identify）

根據商務印書館《重編國語詞典》，對「認同」一詞的註釋分心理和社會兩方面：

就前者來說，「個人在感情上喜歡某一個人或某一團體，因而在思想、行為、穿著打扮等各方面模倣該個人或團體。」

就後者來說，「表示個人與他人一致的意思。包括同情、了解、設想或接受他人的價值觀念、態度、立場等。」

人很可憐。人的一生努力，無非是在尋找一種「認同」，「認同」出了問題，人的生存價值彷彿都被否定了。

臺灣目前正面臨嚴重的「認同」問題。統獨各有立場，彼此並不認同。再加上領導階層無心把一個國家的族群融合，反而操弄族群，於是藍綠對決，彷若雙方都欲置對方於死地。

俗話說：「當局者迷，旁觀者清」；再清明、智慧之人，也有「自以為是」的時候，可旁人常「不以為然」，當「自以為是」遇上「不以為然」，也就失去了「認同」，人生在世，為何說「知音難覓」？即使在自己家裡，「不以為然」的故事亦正普遍發生，人啊，還有人間事，說來還真「極其複雜」。

人找到了「認同」的對象等於找到了自身價值。夫婦如果在家庭找不到彼此的「認同」，也極易成為怨偶。

朋友不「認同」你或你不「認同」朋友，當然會怒目相向。

無法「認同」，當然追求不到「和諧」。

「認同」、「認同」，可憐的人，原來來到世上，尋找不到「認同者」，也就只好寂寞孤獨而死！

無共鳴年代元年

在《回到八〇年代》書後，附著一張「中華民國大事記」年表，一九八八和八九年列著這些條目：

一九八八年

- 一月十三日，總統蔣經國病逝，享壽七十九歲。副總統李登輝繼任總統。
- 四月十八日，中華民國紅十字會開始受理代轉寄往大陸信件。
- 五月二十日，四千多名農民聚集立法院前，要求停止美國水果、火雞進口，爆發流血衝突。是為「五二〇事件」。
- 九月二十四日，財政部宣布民國七十八年元旦起恢復課徵證所稅，造成股市強烈震撼。
- 十一月十四日，錢穆之女錢易來臺探視父親，成為兩岸分隔四十年首位來臺探親之大陸人士。

一九八九年

- 一月二十四日，誠品書店由吳清友正式創立。
- 四月七日，涉及叛亂案的《自由時代》負責人鄭南榕，為抗議國民黨當局的拘捕行動，於雜誌社內引火自焚。
- 五月一日，財政部長郭婉容率團出席北京亞銀年會，為四十年來第一支進入大陸之官方代表團。
- 五月二十八日，國人自力研發「經國號」戰機完成首次試飛。
- 六月四日，中共解放軍武力鎮壓北京天安門廣場示威群眾，估計逾三千人喪生。
- 六月十一日，張德培以十七歲青春之齡，贏得法網男單冠軍。
- 七月，國家圖書館國際標準書碼開始編號。
- 七月十三日，地下投資公司鴻源宣布暫時停止出金，當日股市重挫三二〇點。
- 九月十五日，侯孝賢執導影片《悲情城市》，獲威尼斯影展金獅獎。
- 九月三十日，李立群、金士傑《這一夜誰來說相聲》帶動劇場熱潮。
- 十月二十三日，中華職棒聯盟成立。

我會將一九八八年列為「無共鳴年代元年」，原因就是經國先生逝世，李登輝繼任了總統。

沒有人認識李登輝

有誰認識李登輝？

你是講笑話嗎？問我們這麼荒謬的問題，誰不認識李登輝，只要住在臺灣的人，甚或海外的中國人，誰不曉得李登輝，他曾當過臺灣省主席，也曾是中華民國總統，雖然他已下台甚久，沒有人不認識李登輝，只要看到他的照片，無論他再老再病再衰弱，只要電視上一出現他的鏡頭，幾乎老人小孩男或者女，都能喊出他的名字，甚至，他身體裡裝了十根支架，不少人都清清楚楚，你竟然問我們這個蠢問題，看來，你是頭腦出了問題。

一點也不錯，前總統李登輝應該是裝支架治療心臟最有名的病人了。媒體甚至統計過，他總共做了四次心導管置放支架的手術，這種技術性層面的瞭解，一點都不能幫助我們認識真正的李登輝，請再慢慢地細聽我的問題：有誰認識李登輝？

蔣經國不認識他嗎？如果連你心目中偉大的總統蔣經國都不認識李登輝，他怎麼會將總統位置讓給他？或者你會辯說，不是蔣經國把總統位置讓給他，他只是繼承了他的位置，總統過世、副總統繼位，本來就名正言順，何況，再怎麼說，當年蔣經國在世，他親自選擇接班人，最初他選了林洋港和李登輝，最後他在兩人之中又選擇了李登輝，這是眾所周知之事，難道你會完全不知道嗎？

這一點不必蒙你提醒，我當然完全知道，就是因為連蔣經國都認不清李登輝，我才會問：有誰認識李登輝？

首先，李登輝真的是國民黨員嗎？為何他不是民進黨員，卻經常做著掩護民進黨並保護民進黨員的事，有人說他最早是共產黨員，而他真正的身分，李登輝二〇一五年自己投書日本右派媒體，稱自己在二戰期間是「日本人」，為當時的「祖國」而戰，表示臺灣人抗日並非事實；後來他又創立台聯黨。這種身分錯亂，自然讓我們不太容易認識他，所以我才會問：

有誰認識李登輝？

俞國華是蔣經國時代的閣揆，李登輝當上總統，一心想要有自己的人馬，他先借力使力，提名對行政院長位子也甚有興趣的李煥，結果李上俞下，但李煥在黨中央有其人脈，看來要能完全駕馭李煥也不容易，於是再提名時任國防部長的郝柏村出馬。

郝柏村會是李登輝心目中最理想的閣揆嗎？當然不是，如何再把郝拉下來，李登輝有的是辦法，所以我禁不住又要問，有誰認識李登輝？

李登輝當然感謝當年曾經在關鍵時刻臨門一腳助他登上總統的宋楚瑜，所以他上台後立刻回報宋，讓他掌控中央黨部，成為黨中央的風雲人物，甚至讓他當上臺灣省省長，但等到宋的民間聲望高過自己，所謂功高震主，李登輝又有新的盤算，他突然釜底抽薪想出了廢省戲碼，宋楚瑜位子落空，不得不結束五年九個月的省長職務，兩人關係立即從形同父子變成形同陌路。

李登輝到底是誰，宋楚瑜也未必說得清楚。

李登輝主政時期最核心的鐵三角為二宋一蘇——宋楚瑜、宋心濂、蘇志誠，而今這幾人，心在那裡，人在那裡？

二〇〇三年八月二十七日，漫畫家 CoCo 在《中國時報》的時論廣場曾刊出一幅漫畫，說李登輝真是一個「堅忍」強人，手術中他仍大呼口號：「中華民國萬歲！臺灣萬歲！日本萬歲！天國萬歲！」

軟話，硬話，好聽的話，難聽的話，李登輝總統統統說過。

我只問：有誰認識李登輝？

報變

二〇二〇年清明長假，文友知道我家裡看不到《聯合報》，四月三日撥電話過來說，張作錦先生在聯副發表追思楊牧並懷想他們的友誼和往事，說了一些情節，我聽了立即想先讀為快，於是跑到超商想購一份《聯合報》，面對變變變的崩解中的世界，想不到如今超商為防客人偷看報紙，竟然將報紙全藏在收銀台後的櫃子裡，你必需先排隊說明要買那家報紙，超商店員才會翻尋拿給你，但可能我到超商的時間已靠近中午十一時，店員告訴我《聯合報》已售完，問我要不要別家的報紙，我搖頭只好過街到另一家超商尋找，謝天謝地，這家超商比較寬宏大量，不怕有人翻讀報紙，和雜誌書籍放在一櫃公開展示，可惜寫著《聯合報》的一格空無一物，顯然《聯合報》也賣完了。

我有些洩氣，但仍不死心，跑到超商店員面前問他，《聯合報》都賣完了嗎？由於彼此戴著口罩，大家說話都含糊不清，但從冷漠的眼神，我仍然明白，今天想買《聯合報》的希望徹底落空，於是悻悻然只好打道回府——兩手空空回家，害我還一本正經換了衣服出門，在這個偉大的城市，想買一份報紙，似乎已成為一個飄渺的夢，我看到兩家不同店名的超商排著隊購買的，十有七、八都是為了一杯咖啡，沒有人因買不到咖啡而失望，但有誰關心買不到報紙人的沮喪。

沮喪，確實沮喪，或許因為自己從事文化出版，早些年，進出超商，看到超商一角的書報架，總夢想自己的出版物有無可能選幾本較熱門的擠進去亮亮相，結果知道那是一道窄門，知難而退，這幾年文化越趨弱勢，連《人間福報》都敗陣下來，原先每家超商還會放個一、兩份，趕早一些，至少還可買到，不知何時，早就一份也不放了，你想買一份《人間福報》，跑遍臺北市，都買不到了，一如早年的《中華日報》也是一樣，像吹過去的風，追不回來了，除非你親自跑到臺南，臺南的超商應該買得到《中華日報》吧？

文化，文化，喊得震天價響，如今想買一份報紙、一本書，在我們極為文明的城市，都要仰天長嘯一番！

讀袁瓊瓊一篇書評，她說：「矯情的人，寫矯情的文字，浮誇的人，寫浮誇的文字」，我希望自己不矯情、也不浮誇，但我看到一些書報雜誌逐漸在我們生活四周消失的情形大家習以為常，好像有一天這個城市完全沒有書店或報紙也毫無缺憾、不足為怪，我這個人顯然有些大驚小怪，可能真的是落伍，落伍又落伍了。

手執手機的朋友告訴我：「有了手機，你還驚慌什麼?報紙，手機裡都看得到，書，閱讀機裡多的是電子書，古今中外，你想看什麼書，會找不到嗎?書店，或許不見了，但書都還在啊，只要點一下，任何你想看的都會出現在我們眼前！」

啊，這不但是「報變」，也可說是「書變」啊！

如果有人問我，在這瞬息萬變的世界，長久以來，對於你，生活中還保持一些什麼不變的習慣嗎？

讀報，我立刻想起讀報。每天清晨醒來，第一件事，先喝一大杯冷開水，之後到信箱裡取出報紙——展開一天最享受的讀報時間。周一至周五因趕著上班，通常讀報時間約三十分鐘，接著就煮咖啡吃早餐，而星期六和假日比較輕鬆，我的看報時間會自然延長，有時長達一小時。

幾十年養成的老習慣，我家裡訂的是《中國時報》，辦公室則是《聯合報》，也就是說看完家裡的《中國時報》，到了辦公室，除非社裡有特別急事等著辦，第一件事，仍然是先讀十分鐘或半小時的報紙，之後再一一處理辦公室的各項大小事務。

由此可見讀報在我生活中佔著何等重要位置，對於我，透過報紙，讓我瞭解世界大事，社會動態，而最重要的，文友們寫了什麼文章，出版了什麼新書，對一位出版老兵來說，這一部分的消息，永遠要有所掌握，而副刊上，不管小說、散文、詩，除非讀不下去，通常我是忠實讀者。

或許有人會說，你沒有手機嗎？有了手機，任何資訊，你都可以更快捷的獲得滿足，為何你還這麼辛苦，要一字一字的透過報紙閱讀，時代早已不一樣了，為何不改變呢？

就是因為世界一切都變得太快，我想抓住一些什麼不變；而從小到老來，對我來說，看報和喝咖啡都是無上的享受，我不捨得割捨，何況都是幾十年養成的老習慣。

我明白，非常明白，許多人有了手機，就再也不訂報、不看報了。我住的三十戶社區人家，繼續訂報的僅僅三戶，一戶訂《聯合報》，一戶訂《自由時報》，一戶就是我——訂《中國時報》。

如果時間倒回去，回到七〇或八〇年代，那時幾乎家家戶戶都訂報紙，當年的五大報——中央、新生、中華、聯合和中國時報，都是萬人爭讀的報紙，重慶南路沿街的書報攤上，整天掛著，一般人家裡大都訂有報紙，有些還會專門為孩子訂一份《國語日報》，環境好一些的，再加訂一份《民生報》，到了傍晚，下班時，還有三家晚報可供選擇，先是大華、民族、自立晚報，後來變成聯合、中時、自立晚報，那真是一個讀報年代，可說從早到晚處處看到在讀報的人。我記得還有一份專寫茶餘飯後的八卦小報——《華報》，我常在上面讀一位名叫潘柳黛寫的影星生活報導，因她長住香港，而當時十有八九的所謂大明星都住在香港。

二〇二〇年六月二日起，創刊三十二年的《聯晚》，繼《自晚》、《中晚》之後亦停刊了，結束了臺灣報業史上的「晚報年代」。

晚報，千萬不要看不起晚報，記得《中時晚報》的黃金年代，也曾有一張文學副刊（羅智成主編）在水準之上，令人懷念不已，正如《聯合晚報》走入歷史的這一天，《聯合報》有一段報導：「民國一〇九年的現在，天地早已換了日月，政治與社會的價值不停置換，同婚合法、通姦罪違憲，政壇上新興政黨不斷推陳，昔日國民黨都有可能淪為小黨，聯合晚報見證這些，記錄這一切。生不容易，死不甘。歷史翻了新頁，聯合晚報在時空因素轉換下，向大家告別。但我們仍在書寫歷史，曠野的哨兵將往新的旅程前進。」

俱往矣，如今報紙風光不再，好在仍有少數人迷戀報紙，譬如我的同學竇克勤，由於他一生未婚，仍然過著快樂的單身漢生活，一人飽一家飽——每天一早，他漱洗完畢，出門第一件事，先買四份報紙——聯合、中國時報、自由和蘋果，放進他的背包，他絕不像我，是因無手機而讀報，他是標準的手機族，可說手不離機，凡事均靠手機和朋友聯繫，但他仍然超愛讀報，吃早餐、吃午餐、吃晚餐，三餐都是他的讀報時間，然後他像一座記憶庫，舉凡歷史、地理，任何人間事，和朋友聊起天來，對世界每一大小事，他均有自己的觀點，而且，完全跟得上時代，一點也不落伍，又因他為人熱心，於是，想當然耳，不管小學、中學、大學他永遠是各個年代同學中受歡迎的人物。

顯然，也不是所有有著手機的人，都不看報紙。

二〇二〇年四月五日

心田裡的歌聲

——消失中的三〇年代流行歌曲聲

之1

人年紀大了之後，會有許多奇奇怪怪的行為——就以我自己來說，有一天早晨醒來，一如往常，從四樓慢慢下樓，來到一樓，拉起窗簾，打開窗戶，接著倒了一大杯白開水一飲而盡，之後開門，從院子外信箱拿起報紙，在餐桌前正要攤開來讀報，突然心田裡揚起一陣歌聲：「什麼叫情，什麼叫愛？鳥兒為什麼唱？花兒為什麼開？我不要這瘋狂的世界，這瘋狂的世界！」

儘管歌聲在我心田裡無聲地唱著，我仍打開報紙，此時此刻，如果有人問我：「什麼是幸福生活？」我會說：「早上給我一份報紙，晚上給我一張床，中午，我要一頓美食！」

讀完報，歌聲又起：「什麼叫痛快，什麼叫奇怪？什麼叫情，什麼叫愛？」這真是一個奇怪的早晨，為何我的腦海一直迴旋著〈瘋狂世界〉的歌聲，我一定要查個水落石出，真有這麼一首歌嗎？

翻出《上海老歌名典》，果然在眼前出現〈瘋狂世界〉歌名，細讀介紹文字，原來是一九四三年上海電影《漁家女》片中的插曲，作曲黎錦光，作詞李雋青，而電影《漁家女》由周璇和顧也魯主演，卜萬蒼編導，一看故事內容，依稀記得少年時曾經看過，難怪歌聲會在我耳邊飄起。

之後連續幾天的早晨，幾乎天天有歌聲在我腦海、心田飄起，有人告訴我，人會返老還童，如今你老是想起兒時記憶，表示自己確實已是老人，老人最眷戀少年往事，眼前事卻「前說過、後忘記」，啊，那不是母親在世最後幾年，時時在嘴裡咕噥著的話語，一點也不錯，老人忽而想起些事，也忽而又忘了，像飄浮的影子揮之不去，卻又真假難分。

〈瘋狂世界〉作曲人黎錦光作過許多令人難忘的歌曲，其中由李香蘭唱的〈夜來香〉，後來由鄧麗君等不同年代歌星翻唱，可說是他的代表作，此外他的〈香格里拉〉，更譜出了一個人間仙境，此曲由陳蝶衣作詞，主唱人為蘇州姑娘歐陽飛鶯（一九二〇—二〇一〇），另一首更唱出人間歡樂無限的〈好時光〉，歌曲一路翻紅，從上海唱到臺灣，歐陽飛鶯也是電影《鶯飛人間》的女主角。

黎錦光（一九〇七—一九九三），湖南湘潭人，享年八十六歲，他是音樂家黎錦暉的七弟，民國十五年，曾投入黃埔軍校，後離開軍校，前往十里洋場上海由其兄長任團長的「中華歌舞團」（即「明月」前身），在上海十年，寫了一百多首膾炙人口的歌曲，他能譜完全不同風格的歌曲，但都是絕美好聽之歌，聽後一生一世難忘，如〈王昭君〉（昭君怨），一首唱來盪氣迴腸的歌，唱出了歷史的滄桑，弱女子的悲戚心傷，而〈黃葉舞秋風〉輕快的旋律，韻味卻深長，配上范煙橋的動人詞句，讓人情不自禁想跳一場舞，但細聽歌詞，心情難免悲戚戚，可謂五味雜陳。

黃葉舞秋風，
伴奏的是四季秋蟲，
粉臉蘆花白，
櫻唇楓葉紅。
自然的節奏，

美麗的旋律　異曲同工。
只怕那霜天曉角，
雪地霜鐘　一掃而空！

還有一首〈龍華的桃花〉，那更是母親年代愛唱的歌：

上海沒有花，
大家到龍華，
龍華的桃花也漲了價。

〈少年的我〉，也是一首人人朗朗上口的歌，稍有年歲之人，有誰不會唱這首歌？有誰不曾聽過這首歌：

春天的花　是多麼的香，
秋天的月　是多麼的亮，
少年的我　是多麼的快樂！
美麗的她不知怎麼樣？

黎錦光的〈滿場飛〉彷彿把我們帶進跳舞場，樂聲人聲齊揚，聽得人歡樂得想飛翔：

香檳酒氣滿場飛，
釵光鬢影晃來回，
爵士樂聲響，
對對滿場飛，
嗨！勾肩搭背　進進退退，
步也徘徊，愛也徘徊。

而幾乎難以讓人相信的是，白光的〈假正經〉、〈相見不恨晚〉居然也是黎錦光作的曲，更讓我意外的是連我小時候上學時，嘴裡經常掛著的古典小調：「書館門前一塊槐，一對書生下山坡，前面走的梁山伯，後面跟著祝英台……出了城，過了關，前面到了翠屏山。翠屏山，花千萬，只缺一樣白牡丹」，十八相送的綺麗、纏綿畫面立即映現面前……原來一九六三年李翰祥導演的黃梅調《梁山伯與祝英台》，也是源自黎錦光譜曲〈長亭十送〉的延伸。

還有另兩首我喜歡的〈星心相印〉和〈五月的風〉。

最後不要忘了白虹主唱的〈莎莎再會吧〉：

早晨的鳥兒　吱吱喳喳
好像叫莎莎　再會吧！
莎莎愛我　我愛莎莎
…………

之2

滿天星，亮晶晶，找不到那我的心，
你的星，我的星，混在一起分不清。
滿天星，亮晶晶，得不到那我的心，
我的星，你的星，天隔一方不相親。

這是一首四〇年代張露演唱的流行歌曲，陸離作詞，莊宏作曲，其實陸離和莊宏都是四〇年代名作曲作詞人嚴折西的筆名。嚴折西一家全是音樂人，父親嚴工上，是早年上海明星電影公司的顧問，也是四〇年代著名電影《木蘭從軍》主題曲〈月亮在哪裡？〉的作曲者，哥哥嚴箇凡，也是極負盛名的作曲家，白虹主唱的〈瘋狂樂隊〉和龔秋霞為人熟知的〈水上人家〉，都是嚴箇凡的作品。

這個家庭的音樂家，還是以嚴折西的作品最多，他又能作曲，又會寫詞，是四〇年代最有才華的書生，書讀得多，作曲寫詞之外，也會畫畫，他更有名的幾首歌曲如吳鶯音的〈斷腸紅〉，姚莉的〈人隔萬重山〉，白光的〈如果沒有你〉，逸敏的〈同是天涯淪落人〉全出自他手。

嚴折西喜歡用各種筆名發表作品，據統計，由他作詞作曲的流行歌曲不下三百首，從四〇年代穿透三個世代，一直到民國一百（二〇一一）年前後的臺灣，兩岸人的耳朵，還經常聽著由他譜曲寫詞的流行歌曲。

我還喜歡另一首嚴折西作曲、李雋青作詞，由周璇主唱的〈兩條路上〉：

在早晨走的一條路上，
只看見行人，只看見車輛。
我帶著跳躍的心
慌慌張張地向前闖。

在晚上走的一條路上，

只看見燈光，只看見月光。
我帶著空虛的心
冷冷清清向前望。

這條路是太淒涼，
那條路是太緊張，
找不到更好的地方，
我天天在這兩條路上。

這是反映抗日時期，戰爭讓人無路可走，找不到更好的地方，為了生存，只好永遠走在「緊張」和「淒涼」的兩條路上。

天上一顆星，地上一個人。小時候聽大人說，天上每一顆星，都代表著地上有一個人，當地上那個人死了，天上那顆星也就殞滅了，所以「星沉」的意思就是那個人走了。是的，天上有多少星，地上就有多少人。當繁星滿天，就像所有的人都站在廣場上，慶賀並迎接著新的一年降臨……

當星星散去，夜變得一片寂寞，於是姚氏兄妹——姚敏和姚莉，在〈蘇州河邊〉，唱出了你我寂寞的心聲……

夜，留下一片寂寞，
河邊不見人影一個，
我挽著你，
你挽著我，
暗的街上來往走著。
我們走著迷失了方向，
盡在暗的河邊徬徨，
不知是世界離棄了我們，
還是我們把它遺忘。

夜，留下一片寂寞，
世上只有我們兩個，
我望著你，

你望著我，
千言萬語，
變作沉默。

〈蘇州河邊〉由陳歌辛譜曲作詞。陳歌辛是另一位四〇年代著名的音樂家，他所創作的〈玫瑰玫瑰我愛你〉是我國第一首被譯成英文，並在全世界翻唱的流行歌曲，且登上一九五一年美國流行音樂排行榜榜首歌曲。

陳歌辛，一九一四年生於上海，年輕時英俊瀟灑，才華出眾，少時即博覽群書，學貫中西，他是「海派文化」的代表人，作有二百多首膾炙人口的流行歌曲，他的〈夜上海〉、〈初戀女〉、〈永遠的微笑〉，至今，仍是少數能在收音機和電視上聽到的歌曲，而〈高崗上〉一曲，前幾年經阿妹重新翻唱，又一度成為新的流行歌曲。

嚴折西走了，陳歌辛走了，黎錦光、姚敏和姚莉都走了，這些寫和唱歌的人全走了，就像天上一顆顆的星都散去了，夜又變得一片寂寞，還好，歌還留在人間，但歌也寂寞，如今沒聽到還有什麼人在唱，連歌星也不會唱了，新的歌星唱著新的歌曲，對像我這樣的老人，還是覺得老歌好聽，不接受新的歌聲，是否代表跟不上時代了？

從歐陽子的信想起

之1

這是二〇二〇年三月二十六日，歐陽子從美國德州住家寫給我的信，我特別選歐陽子的信刊出，是因歐陽子早年即患眼疾，一九九〇年，數次開刀，左眼仍然失明，長期受眼疾之苦，但每回送書給她，總會告訴我她讀後感想，令我感動，尤其二〇一二年，我自己的右眼亦因一次意外失明，成為獨眼之人，對眼力不佳之人仍讀書寫字，內心更為欽敬。

一封手寫的親筆信，老實說，進入電子手機年代，每一封手寫的親筆信，都是難能可貴的珍寶，而歐陽子，只要我寄一本書給她，儘管她的眼睛長年弱視，她仍一本正經地會給我一信，這樣的朋友，半個世紀以來，幾乎成為一種儀式，而在我心目中，世事

隱地兄：

前天收到您和您哥哥合著的《畫說—兄弟詩畫集》，非常高興！您在往日作品中，多次提到您這位在七〇年代贈送大筆錢財讓您暢遊歐洲、大開眼界的哥哥，沒想到他在近九十岁的高齡，突然開始作画，創作靈感一發不可收拾，隨興所至，繪出一幅幅很有意趣且反映出他獨特達觀個性的圖畫。與您詩作的整体意境，甚為相配！這本著作所體現的您與哥哥之兄弟共鳴，最最令人感動。

如您信中所說，新冠狀病毒，幾乎癱瘓了整個世界！疫情在美國正急遽蔓延，纽约最最嚴重。我们奧斯汀，也已封城，大家必須居家避疫。我覺得，這場災難，是上天給予我们世人的一個大教訓，大警告！

請您和貴真好好保重，祝您们日日平安！

歐陽子
2020.3.26.

瞬息萬變，還能讓我覺得「永恆」的，唯有歐陽子其人和其信了。

歐陽子是臺灣文壇老將，早在一九六七年，就在文星書店出版短篇小說集《那長髮的女孩》，也是六〇年代最能代表臺灣文學刊物《現代文學》四位創辦人之一，當年她和白先勇、王文興、陳若曦合資創辦《現代文學》，與林海音的《純文學》（一九六七），尉天驄的《文學季刊》（一九六七）形成三足鼎立的場面，如今另外三位創辦人均已進入「臺灣現當代作家」名單之中，並已分別出版「作家研究資料彙編」叢書系列，獨漏歐陽子，以歐陽子身兼小說、散文、評論家的身分，國立臺灣文學館應盡快為歐陽子編輯專刊，以補缺憾。

當然，臺灣文學館在已出版的一百二十本的「現當代作家」名單中，至少還應補齊以下幾位重要作家，如鍾鼎文、徐鍾珮、劉枋、大荒、潘壘、師範、梅新、魏子雲、舒暢、陳映真、邵僴……因為他們都是臺灣文壇的開拓者；至於仍健在的梅遜（楊品純）、魯蛟（張騰蛟）、管管，理當也在名單之中。

之2

我也想起二〇一五年元月號《印刻文學生活誌》曾為歐陽子做過一個共收七篇重要文章的專輯，包括歐陽子自己四萬字的散文〈日本童年的回憶〉；白先勇談歐陽子〈內心祕密的洞察者〉（蔡俊傑採訪、整理）；歐陽子答編輯室〈記憶・緣分・歸屬〉；陳芳明〈歐陽子的細讀實踐〉；季季〈灰衣婦人來訪之後的一些事——關於歐陽子的小說為什麼那麼少〉；邱貴芬〈歐陽子與臺灣文學的「可能」〉；黎湘萍〈臺灣文學的革命者——重讀歐陽子的小說與評論〉。

如此大陣仗的七篇文章，全方位談論歐陽子這個人以及她的小說《秋葉》和評論集《王謝堂前的燕子》，何況，季季的文章，還於元月五日在《中國時報》「人間」副刊以醒目頭題刊出，照理，五日當天，歐陽子在爾雅印行的四本書，就會有不停地訂書叫書電話或傳真，我還特別要爾雅發行經理趙燕倡主動和誠品、金石堂、博客來等大書店聯繫，把《中國時報》和《印刻》上的各類資訊傳給他們，希望這些大書店能配合添書，一個禮拜過去了，我問趙經理，得到的是讓我失望的回答——歐陽子的書，如往常一樣，只有《王謝堂前的燕子》慢慢每周流動三、五本，至於短篇小說集《秋葉》、散文集《移植的櫻花》和評論集《跋涉山水歷史間——賞讀《文化苦旅》》均無異動——這和一九七六年，三毛在《聯合報》副刊上，為張拓蕪的《代馬輸卒手記》寫了一千多字的讀後——〈張拓蕪的傳奇〉，三天內，《代馬》一書立即多賣了二千冊，可見報章雜誌的魅力，已完全不敵手機和新科技產品，如今的人不讀報紙、不看雜誌，只在網路上滑來滑去，寫個簡訊或Line一下，剩下時間不多，也就顧不得誰評了誰的文章，書這麼多，誰還去記一本書的書名。

一九三九年生於日本廣島，原籍臺灣草屯人的歐陽子，本名洪智惠，就讀臺大外文系時，與同班同學白先勇、王文興、陳若曦等人，創辦《現代文學》雜誌，一九六七年，白先勇和王文興，分別在文星書店出版《謫仙記》和《龍天樓》，歐陽子也出了一本《那長頭髮的女孩》（就是後來一再改寫的《秋葉》），《秋葉》至少有四個版本，除了文星和爾雅，還有晨鐘和大林的版本，大林版本未經作者授權，應該是擅自翻印文星版本。文星書店名氣響亮，但因早年採賣斷版權，書店因政治因素被迫關門後，文星叢刊的版權被賣來賣去，亂了好幾十年，一些作家吃盡苦頭，甚至有些作家雖購買回版權，原先的版本，仍在坊間流竄。

歐陽子是最講究用詞遣句的作家，她「準確」的運用每一個中國文字。從老師夏濟安教授處習得「新批評」方法，甚有耐心的「對文學文本進行細緻的肌理的剖析。在這個意義上，歐陽子的《王謝堂前的燕子》才更顯出它的積極的文學鑑賞與小說美學的意義」（註）。

大陸著名文學批評家黎湘萍不僅對歐陽子的小說評論推崇有加，對她的心理分析小說亦讚不絕口，他說：「歐陽子的系列作品，將循規蹈矩、溫良敦厚的人們內心深處的驚濤駭浪用冷靜、反諷的同時又充滿同情悲憫的筆法戲劇般地『呈現』了出來……她的小說和評論，穩穩奠定了她在現代文學史上和批評史上的地位。」

算一算，我和歐陽子通信認識至少已超過四十年，一九七五年二月，她論《臺北人》的一系列評文，就是在我主編的《書評書目》上連載刊出，我創辦爾雅，她於次年四月交給我出版，書名《王謝堂前的燕子》，一本書評，印了三十九年，還在續印，至今已銷十五印，可謂長命書了。

歐陽子是最溫和的人，她的短篇小說集《秋葉》，由於銷路不佳，中間斷版了十二年，她從未向我抱怨，倒是她的老友白先勇有些看不過去，希望我能繼續讓想讀此書的讀者買得到，二〇一三年，爾雅為《秋葉》換了新裝，二十五開本，二六五頁，親愛的讀者啊，說了這麼多，你還要錯過這本經典小說集嗎？

註：引自黎湘萍論文〈臺灣文學的革命者——重讀歐陽子的小說與評論〉。

二〇二〇年三月增補

一個彰顯人性的小說家

——悼念於梨華

今年（二〇二〇）五四文藝節前一天清晨，是五一勞動節連續長假的最後一天，因為不上班，也就難得賴在床上，正和貴真談論昨晚深夜看的電影《冬之甦醒》，一部由土耳其大導演錫蘭（Nuri Bilge Ceylan）導的名片，錫蘭導的另一部名片為《遠方》，而最讓人津津樂道的還是錫蘭自導自演且女主角亦由妻子擔綱的《適合分手的天氣》；錫蘭的《冬之甦醒》，影片要表達的主題是人和人之間的疏離，討論的無非是「認同」兩字，當今無共鳴年代，正碰上人人「自以為是」，而他人「卻不以為然」……正說得起勁，兒子舒霖突撥來電話，告知旅美作家於梨華在美國馬里蘭州一家養老院得新冠肺炎過世，這消息當然讓我震驚，從接觸文學，自稱文藝少年起，我就是於梨華的書迷，自五〇年代一路走過來，在我心裡，始終藏著幾個巨星的名字，譬如影壇的李麗華，歌壇的白光和文壇的於梨華，還有小說家劉枋。

後來我以聯想的方式，把這四顆巨星的名字糾纏在一起，曾寫下「文壇的於梨華，就是影壇的李麗華」，「文壇的劉枋，就是歌壇的白光」，這些熠熠發亮的明星，如今一個個都走了，「天上一顆星，地上一個人」，而今就像一九四七年，三〇年代作曲之王黎錦光作曲、范煙橋寫的歌詞〈星心相印〉：

天邊一顆星，
照著我的心，
我的心也印著一個人。
（那個人對你怎麼樣？）
乾枯時給我滋潤，
迷惘時給我指引，
把無限的熱情
溫暖了我的心。
（他的心呢？）
他的一顆心，
就是天邊星，
照著我的心，

我倆星心相印。

一點也不錯，天上的每一顆星，照著地上每一個人……如今我們的親人、師長、許多同學和朋友，慢慢地一個個都上了天堂，成了天空裡的星星，照亮著地上每一個後生晚輩，當我們思念彼此，只要抬頭望天，滿天空就有無數星星在向我們微笑！

六〇年代的於梨華，是文壇上最亮的一顆星，也是一股文藝大風。特別是一九六三年，從年頭到年尾，幾乎天天有於梨華的消息和新聞，試看她一九六三年，發表了多少作品——

一九六三年

一月　〈寫給將出國的女同學們〉發表於《自由談》第十四卷第一期。

二月　短篇小說〈揚子江頭幾多愁——美國高德溫徵文首獎之作〉由張以淮翻譯，發表於《皇冠》第十八卷第六期。

三月　十五日，中篇小說〈有一個春天〉連載於《聯合報》八版，至四月三日止。
短篇小說〈移情〉發表於《自由談》第十四卷第三期。
長篇小說〈夢回青河〉發表於《皇冠》第一〇九期。並於復興廣播電臺「小說選播」節目播出。

四月　〈親情．舊情．友情〉發表於《文星》第六十六期。

五月　十六—十七日，短篇小說〈歸〉連載於《中央日報．副刊》六版。

中篇小說〈海天一淚〉發表於《文壇》第三十五期，此文後改篇名為〈母與子〉，收入短篇小說集《雪地上的星星》。

六月　十一日，短篇小說〈撒了一地的玻璃球〉發表於《聯合報．副刊》七版。

七月　短篇小說〈黃昏，廊裏的女人〉發表於《文星》第六十九期。

八月　十六日，應邀擔任臺灣省婦女寫作協會於婦女之家舉行寫作座談會與談人，分享《夢回青河》寫作經驗。

九月　〈《歸》自序〉發表於《文星》第七十一期。

短篇小說集《歸》由臺北文星書店出版。

十一月　十日，〈寄小安娜〉發表於《中央日報．副刊》六版。

年底返美，舉家由普林斯頓搬至芝加哥北郊艾文思頓。任教於紐約阿柏尼州立大學，講授中國文學。長篇小說《夢回青河》由臺北皇冠出版社出版。

難怪這一年有人喊出：「一九六三年是屬於於梨華的！」

一九六七年七月一日，她自美返臺，「文星書店」老闆蕭孟能立即於七月十四日在「文星藝廊」為她舉辦歡迎會，並邀她演講，講題為〈美國學術界對文人的重視〉，此事曾由當時擔任《徵信新聞報》（《中國時報》前身）文教記者的余範英寫成報導，她說：「作家王藍、林海音、余光中、司馬中原、陳映真、尉天驄……全出席了」，我那時也在場，親眼見識到了當日盛況，而留在我腦海裡更強烈的一個鏡頭是：隔一天，也就是七月十五日，她的長篇小說《又見棕櫚，又見棕櫚》獲得第三屆嘉新文藝創作獎，於梨華領獎後接受餐宴時，臺北五大報紙——中央、新生、中華、聯合和《中國時報》，五位報老闆排著隊一一向她敬酒，並以最誠懇的語氣邀她為自己的報紙副刊寫長篇連載，那是副刊的年代，彼時各報均為三大張，新聞大同小異，各報能大別苗頭的只有在副刊上出些花樣，而一個情節精采文字動人的長篇連載，往往能吸引住幾十萬人同時閱讀，有點像後來三台的連續劇。

五十三年前的往事，無論我怎麼形容當年於梨華的火紅，對當今存活於世的人來說，都已不太有什麼印象，讓人意外的是，如今連媒體人也忘了她，五月四日（周一）上班，報紙只見《中國時報》有一則王寶兒寫的兩欄新聞，壓在版面最下方，《聯合報》一個字也未提。果然政治掛帥的年代，所有文學、藝術的新聞，都已成為小花小草，無共鳴的年代，大家彼此腦筋裡都在想些什麼，一般人還真弄不明白。

於梨華，浙江鎮海人，一九二九年生於上海，享年九十一歲。

一九四七年隨家人來臺，父親於升峰當年為臺中糖廠的廠長，就讀臺中女中的於梨華，畢業後考上臺大外文系，不久轉入歷史系，赴美讀加州大學洛杉磯分校，一九五六年因寫英文小說〈揚子江頭幾多愁〉獲獎，一九六三年在《皇冠》譯成中文刊出時即引人注目，同年首部長篇小說《夢回青河》繼續由《皇冠》連載並出版，一舉成名，之後在文星出版短篇小說集《歸》，一九六四年出版中篇小說《也是秋天》，等到《又見棕櫚，又見棕櫚》出版，於梨華儼然成為留學生文學的開山祖。她寫出中國人由於戰亂，四處飄零，成為「無根的一代」。

六〇年代臺灣時局最大的特色是，大學生一畢業，人人都想盡法子往國外跑，特別是美國，好像能去美國就上了天堂；赴美留學，成為六〇年代大學生的目標，也是「知識分子的精神出口」（陳芳明語），因此民間流行一句打油詩：「來來來，來臺大，去去去，去美國」，去美國幹什麼？表面上是留學唸書，但因那個貧窮年代，許多家庭都是舉了債讓孩子讀書，而美國生活昂貴，所以實際上，更多的所謂留學生，一到美國就先到餐廳端盤子洗碗，女同學則當侍者，或站在餐廳門口，笑著臉，幫餐廳拉生意，於梨華創造了一個小說中的人物——牟天磊——《又見棕櫚，又見棕櫚》的男主角，透過牟天磊學成歸國，一趟相親之旅，讓在臺灣的千千萬萬戶家庭，終於瞭解孩子到美國求學的心路歷程——快樂、痛苦、希望、失望、焦慮，一個漂泊的靈魂，以及心靈的受傷者，感動了無數的人，牟天磊的悲劇，也是大時代的悲歌。

牟天磊學成回臺，一次在朋友們宴席散後，他感慨的對身旁的人說：「上到大學生，下到廚子，都想往美國跑，去讀博士，去賺錢，設法討個洋太太，反正就是要離開這個地方，真叫人想不通，在這裡，即使是不苦，還是想出去，在那邊，即使是太苦，還是不想回來，這真是二十世紀一個最奇怪的現象。」

「在這裡」，指的是臺灣；「在那邊」指的是美國，整個六〇年代，一直到八〇年代末，幾乎有整整三十年的漫長時間，臺灣人無論男女老幼，只要比較有辦法的，都想盡法子往美國跑，如今事過境遷，若有人再拿起於梨華七〇年代前後出版的幾部小說重新讀讀，那種奇特的怪現象，想來現代人是永遠看不懂也想不透的。

於梨華堅持以「誠實」為寫作原則，《臺灣新文學史》作者陳芳明在一篇〈於梨華文學的意義〉中，認為於梨華是「臺灣六〇年代留學生文學的開創者，勇敢為女性的身體辯護，也為漂泊海外的留學生發出聲音。」

一九四九年後最為世人熟知的兩大華文女作家除張愛玲外，必為於梨華。有一次，

一九八七年六月，於梨華與夫婿歐立文（Vincent O'leary）回臺，在其弟於幼華教授家，和臺北文友歡聚，左起丹扉、於梨華、林海音、楊雪紅、歐立文、瘂弦、汪穠年和林清涼女士，兩位皆與梨華姐在臺大同居，右一為本書作者隱地。

於梨華受邀出席演講會中，聽眾向於梨華提問：「您和張愛玲有何不同？」生性爽朗熱情的於梨華，向來快人快語：「張愛玲很有文才，我很有生命力。」

一九五五年赴美，一九九五年逝世的張愛玲，以遁世、獨來獨往出名，但一向激賞張愛玲的於梨華卻有幸曾四次和她見面，在其散文集《別西冷莊園》，有一篇〈來也匆匆……——憶張愛玲〉，記錄著四次見面經過，於梨華惋惜驚才絕豔的張愛玲闖蕩英美文壇卻始終未受重視，以她港臺讀者之眾多，如果選擇到臺灣居住，必然會受到熱情照顧，但張愛玲寧願選擇孤獨離世，比起後來另一華人女作家譚恩美因《喜福會》一書而受美人注目，只能說，人的命運畢竟不同。

於梨華早年的作品分別由皇冠、文星、大地、九歌等出版社印行，二〇一五年改由停雲出版社印行，在全部二十六種著作中，於梨華和主編套書的傅士玲決定精選十八種，以「於梨華精選集」的方式，一一重新出版。為此，於梨華還特地於次（二〇一六）年冬天返臺，在紀州庵辦了一場新書發表會，剛好她弟弟於幼華亦有新書發表，姊弟聯手，引來了臺大甚多學人以及大批於迷，也不過是四年前之事，那時的她仍然意氣風發，有誰相信她已八十有七？一點也不顯老的她，還告訴我，七十八歲前，她還經常打網球，在臺兩周期間，她住在臺大尊賢會館，給了我電話號碼，卻未能抓住機會和她聊聊，至今想來，這是我最引以為憾的。

於梨華晚期的小說有了轉折，如《小三子，回家吧》（原書名《一個天使的沉淪》）寫一個亂倫的悲劇——這是高難度的挑戰，題材敏感，似乎也在向虛假的傳統文化宣戰，我們的社會，許多人戴著道德的面具，做著喪盡天良的勾當；《在離去與道別之間》，延續七〇年代初，曾在白先勇主持的《現代文學》上發表短篇〈會場現形記〉，寫學府裡學人之間的競爭和鬥爭，對人性陰暗面的刻劃，以及情慾描繪，於梨華的小說從來不缺，她不但是誠實的小說家，她也是勇敢的小說家。

透過讀於梨華的小說，我們會看到——人多可憐，人的許多問題都是自找的，人的敵人，到頭來會發現，原來就是自己。

這樣一顆文壇巨星殞落，社會不應冷漠視之，文學是文化的力量，值得千年百世傳承下去。

附註

回想起來，於梨華對我寫作生命的影響太大了；早在一九六四年夏天，當時我被派在新竹水美山守海防，假日在新竹街頭買到一本白先勇、歐陽子等人辦的第二十期《現代文學》，讀到於梨華一個短篇〈等〉，湧起一種無法抑制的衝動，迫使我寫了一篇感想，就是這篇書評，《自由青年》主編楊品純先生要我試寫幾篇同類性質談國內小說作家創作的成果，於是我又寫了林文昭的〈他和她〉、荊棘的〈南瓜〉、雲菁的〈天的這邊〉和季季的〈假日與蘋果〉，不久，楊先生就為我在《自由青年》上開了一個「讀書報告」專欄，一月一篇，與魏子雲先生（一九一八—二〇〇五）的「名著欣賞」交替發表，兩年後，就彙集了約三十篇書稿，出版了我的第一本書評集《隱地看小說》。就是這本書，讓當時主持《純文學》社務的作家林海音先生對我另眼相看，不久，我得到了一個晚上兼職的工作，成為《純文學》的助理編輯。

除了一九五三年的〈等〉，關於於梨華的作品，我寫過讀後隨筆的還有她的〈雪地上的星星〉（一九六五年五月號《自由青年》），以及一九六六年三月八日至六月八日，長篇〈又見棕櫚　又見棕櫚〉在王鼎鈞編的「人間副刊」上一結束，火速於六月十八日發表評文；一九六九年五月號《幼獅文藝》，評她的《白駒集》，篇名〈歸去來兮〉；一九八三年也評了她的長篇小說《燄》，篇名〈以狹窄的學校生活為圈子〉，刊於一九八三年二月號《中華文藝》；二〇一六年寫了一篇〈遺忘與備忘——關於「於梨華精選集」〉，刊於拙作《手機與西門慶》一書內。

二〇二〇年五月十六日

傳統的崩裂

打開二〇〇九年四月十一日的《中國時報》，照例我會尋找「人間副刊」，但翻來覆去就是遍尋不著，後來在第一版正中看到「今起改版，多元新聞＋好看周末報」的啟事，才恍然大悟，「人間副刊」已在星期六的《中國時報》上消逝。創業將近五十九年的《中國時報》，破天荒的從此一周裡只剩六張副刊，看來，繼「中央副刊」、「新生報副刊」、「台灣日報副刊」停刊，以及《自由時報》副刊一周只剩四天，顯然，文藝副刊的窘境日見嚴重，遲早有一天，報紙將完全沒有文藝副刊，文人寫作的舞台顯然正在大崩大裂。

本來報紙就是報紙，雜誌就是雜誌，不知什麼時候出自誰的餿主意，在報紙中夾一份「禮拜六雜誌」──把吃喝玩樂，女人的包包多少錢一個，男人的皮鞋多少錢一雙，然後再放幾張女模裸臂露胸的照片；一雙裸腿從報紙右上方跨至左下方，所佔篇幅幾乎可刊一篇千把字的散文或小小說。這樣融合女明星八卦，又加上幾道彩色食譜，就成為周末的家庭話題，報紙辦到這等地步，全面庸俗綜藝化，當然是所有讀了新聞科系報人的悲哀，也是整體社會的共同沉淪。

據說，一周減少一張文藝副刊，單單稿費每天就可減省一萬五千元，一年五十二張，合計可節省近百萬台幣，將來有一天，報紙將副刊全面取消，幾乎可年省一千萬台幣，在報紙銷售失利、賺錢不易的情況下，這一天誰敢保證不會來臨。

革命，革命，臺灣社會時時變，天天變，所有我們腦海中美好的回憶，都逐步瓦解中，聽不到革命的號角，但革命在寧靜中進行，正穿透傳統以無聲無息方式崩裂，顛覆的力量無所不在，我們的文化土崩瓦裂，已成昨天的雲，早已在天空離散飛逝……

附註

到了二〇二〇年的今天，做為一個五十年的長期老訂戶，我最不爽的是，每逢周末和周日，打開《中國時報》就是找不到「人間副刊」，堂堂大報，什麼錢不能省，卻要省兩張副刊的錢，相較之下，如今只有《聯合報》仍維持一周七張副刊，一路走來，始終如一，令人肅然起敬！

二〇二〇年六月十五日

當美夢成真碰上惡夢光臨

每個人都有夢，有些夢到後來連做夢的人都忘了，自然雲樣風樣的無影無蹤，有些夢做著做著，沒想到有一天竟然美夢成真。所謂天從人願，喜從天降。美夢成真，就像一部戲的大團圓，有情人終成眷屬，然而團圓或成了眷屬之後一定是好事嗎？

剛來臺灣，大家都住日本式榻榻米平房，後來看到有人住樓房，覺得新鮮，誰不夢想自己也能住得高，經過半個多世紀，如今平房幾乎絕跡，住在大廈高樓裡的人新夢想反是如何搬離、如何住進一棟踩得到土地的房屋，最好還有前後花園。

其實早年住日式平房，誰家沒有院子？

同樣，當大家或騎自行車，或坐三輪車，看到一部汽車馳過，人人眼睛發亮，現在家家戶戶都有汽車，像萬里長城一樣從馬路接到巷弄，下班後搶停車位，傷了鄰居感情，彼此像仇人一樣敵視，其實敵人何止只有鄰居，在每個人的心底，除了珍愛自己的寶貝汽車，任何其他汽車都是敵人。是的，汽車老早已是人類的敵人。人類從人和天爭、人和獸爭、人和人爭已進入人和車爭。車讓土地減少，車讓人無路可走。車每天在大街小巷殺人。沒有戰爭的年代，人無時無刻都在和死亡車禍相遇，被車壓死、被車撞死。汽車是突如其來的冷面殺手。還有機車、貨車、卡車、沙石車、公車和火車，日以繼夜地追趕廝殺，把活人變成死人，提到閻羅王面前邀功。

擁有一部汽車，是多少人的夢想。等到家家戶戶都有，沒想到汽機車冒煙、空氣品質變差，而人車相爭的結果，人路變成車路，一不小心，人還隨時成為車底冤魂。

高學歷也是我們的美夢，從目不識丁到碩博滿街，往後更將是一個人人都是知識分子的社會，強盜流氓之外，如今多了一項智慧型犯罪。高學歷的人一旦作惡，那可是能把公司掏空、集團淘空、銀行掏空甚至整個國家的財產都掏空。此外，高學歷的人讀了一輩子的書，卻常忽略道德和最基本的做人原則。做出一些違反倫常的事來。與其擁有這麼高的學歷，還不如學些手藝，懂得做人處世的進退之道，反而可以改善人際關係。

自由和民主，更是專制時代的人夢寐以求的，當我們過著自由民主的生活，又活脫脫發現，更多人假藉自由、民主口號，濫用自由民主，所謂「打著自由反自由，打著民主反民主」，社會亂象和暴力事件層出不窮，刁官比刁民還多，因我們未學得自律和尊重別人。一些「法西斯」的粗暴行為，讓人傻眼。這樣的「夢想成真」，當然會讓我們無法消化。

就如二〇〇二年十月，英國泰晤士報記者對巴拉耶夫——一位年僅二十五歲的車臣游擊隊領袖——臨死前，問他為何要劫持莫斯科劇院的八百位人質，巴拉耶夫對記者說：「這是一場美夢成真，我們的精神從來不曾如此亢奮……我們不是恐怖分子，否則我們就會要求好幾百萬贖金和一架逃亡的飛機……」

就像天才和白癡，美夢惡夢亦是一線之隔。時代的火輪永遠向前推進，群體主宰著個體的生命，人類很難擺脫命運的矛盾，人生有許多無可奈何，我們能做的，無非也就是珍惜自己所有，懂得節制，不要無休止的追求。

美夢成真，有時正巧會碰上惡夢光臨！

臺灣從專制進入民主，一次次的選舉和政黨輪替，「選賢與能」——多麼美好的四個字，但眼前不公不義的社會有變得更好嗎？假新聞處處，騙子橫行，詐騙集團成為新階級，菸毒攻進校園，國家機器成為黨政工具，政治人物的黑手公然伸入國庫，公帑成為私有，個人的美夢成真恐怕也是小老百姓惡夢的開始！

二〇二〇年六月十日

靈與魂的拔河

靈與魂還拔河嗎？現代人只要遺失了一支手機，立即失魂落魄！

前些日子到一家比較大眾化的海鮮餐廳吃飯，我點了啤酒，侍者端上桌來，竟然一次就是四罐。我說只要一罐就夠了，侍者說：本餐廳喝啤酒以人頭計算，一人份九十九元，你可以盡情的喝。難怪餐廳裡好多桌都在划拳，你一杯我一杯喝個不停。聲音之喧嘩，完全無視別人的存在。其中還有一桌，一位看起來不過二十歲上下的小姐，叫著笑著鬧著，喝到後來，從椅子上倒了下去，幾乎要睡在地上，幸虧有人扶她；剛站起來，她又去搶杯子要繼續喝……

我從這家餐廳看到人性的放縱。只因九十九元，可以無限暢飲，人們完全忘記，酒喝過頭，對自己身體的傷害。

還有一次，我在大安森林公園散步，紅花綠樹，這麼美麗的環境，我卻看到一位中年男人在樹後小便。他不臉紅，我倒真是感到不好意思。什麼年代了，竟然還有人公然在公園小便？

信教的人敬畏上帝，就算一般普通人，至少也要對老天有所敬畏。現在的人，不知從什麼時候起，天不怕，地不怕。除了自己，心中完全沒有別人。因此，也不在乎別人對自己的想法，我行我素。等到人們見怪不怪，彼此習以為常，才真的是社會的悲哀。社會是不會悲哀的。到頭來會感到悲哀的，仍是生活在其中的人；人畢竟是有靈性的動物，總有靈光一閃的時候。

當靈與魂，還會在我們心中拔河，我們仍舊是一個有救的人。

靈魂，靈魂，靈和魂雖相連，兩者卻有差別；魂，任何動物，只要有一口氣在，都有一個魂；而靈，只有在人身上才有。或許與生俱來，大半時候，更需要靠後天培養。靈性需要修煉。當貪慾昇起，靈性極易被遮蔽。它有時候蜷縮在一個小小的角落，微弱的快要失去了呼吸！

讓我們的靈活過來吧。至少，要讓靈能夠繼續和魂拔河。靈是一種奇怪的東西，只要人肯反省，懂得謙虛，靈，就會靠近我們的身，貼緊我們的心！

選自《盪著鞦韆喝咖啡》

一九九八年七月

惡的形成

為什麼惡人無所不在？

一般來說，一個正常的社會，惡人總是少數，絕大多數都是好人，即使某些人有些不良惡習，但追根究底會發現其本質還是善良的。

但若進一步問誰是好人？誰是惡人？這問題就難答了，世上沒有百分之百的好人，但也很難說有百分之百的惡人，通常善惡並存於一個人的身心，這樣回答似乎有些閃躲問題，但我確實相信每個人的本質裡都有善惡並存的因子，當人還是嬰兒，初降人世，也有善惡之心嗎？只要想到任何人，從出生的嬰兒起，就不能否認人也是一種動物，動物有求生存的本能，所以人生第一章的戲碼就是爭食，就無可避免的藏著潛形惡的因子，當嬰兒逐漸長大，在家庭、學校和父母師長教導下，人會懂得要謙讓，要守人的本分，於是禮義廉恥、忠孝仁愛信義和平，以及「寬以待人、嚴以律己」等處世格律一一加身，讓我們逐漸成為有教養的人，但一旦進入社會，遇到欺騙以及背叛種種人生對待，人也會自我修正要如何適應現實人生，真要施壞，所謂「以眼還眼、以牙還牙」，你認為所謂好人，他完全不懂報復手段嗎？未必，在一個惡質的環境裡生長，耳濡目染，要一個所謂「好人做壞事」，也並非是不可能的事。

「變了，他變了！」我們常聽到一個人對一個人的批評，可見，大環境是可能改變一個人的心態的。

惡在善的對面
陰在陽的對面
中間是模糊地帶
我們都在玩翹翹板

欲望多　快樂少
快樂多　因為慾望少
中間是模糊地帶
我們都在玩翹翹板

你在壞人那一邊
好人這邊的翹翹板就輕了
若你沒有報復的心
世上報仇的人就會少一個

大家都微笑著　憤恨的人就不見了
找到憤恨的人了
他憤恨的能量老是已被微笑的力道減弱了
減弱了

這是我一首題名〈翹翹板〉的詩，也是以「善惡論」，寫好人和壞人的因果關係，我寫的時候，完全以諄諄善誘之心，希望好人吃了虧，不要心存報復，甚至以阿Q方式，還以微笑，二〇一一年寫這首詩時，雖已七十四歲，思維卻仍不成熟，如今又大了九歲，終於想通，一味的做「報以微笑」式的爛好人，無助於改善我們的社會風氣，反而助長了「惡的形成」。

「惡」是怎麼形成的？原來「惡」是被所謂「善」姑息養成的，一點也不錯，「姑息養奸」，古人的話傳到今天，真是始終有理。

所謂好人，所謂君子，總是勸人以和為貴，吃了虧，也以「息事寧人」的方式，設法大事化小，小事化無；但壞人並非如此，壞人步步進逼，常常佔了便宜，還要置人於死地……余秋雨說：「小人不怕麻煩」，我看「壞人」簡直到了沒有人性的地步……循規蹈矩地做一個好人，規規矩矩的賺正正當當之錢當然有限，任何人憑聰明智慧累積財富，當然沒什麼好說的，但一旦以違紀犯法作奸犯科的方式貪錢汙錢，社會應群起而攻之，一個國家如果司法墮落了，就會造成價值觀念的錯亂，甚而社會的紊亂。

根據社會學、心理學和統計學中提及的「常態分配」，一地一時有非人性的「殺人魔」出現，也是必然，毫不足奇，也就是說，無論古今中外，任何地區，都有不可理喻的「惡人」出現，這已經是非關善惡，而是必然。

如何防止這種「非人性的惡人」出現，每個人要禱告，千萬不要和這樣的人相遇，遇到了，也要有智慧閃躲，一個健全的社會，也只有靠法律來繩之以法，這和人的「善惡論」論述，應屬外一章。

二〇二〇年四月十日脫稿

教養

據二〇〇四年二月十七日報載，中國大陸山西一個竊盜集團，趁著月黑風高之夜，兩年來連續偷了一千多噸鐵軌，讓我覺得不可思議，正嘆人心不古，更巧的是，同一天的報紙，臺北市養護工程處統計，去年底以來，臺北市七座高架橋梁，共有三千餘公尺的不鏽鋼欄杆，不翼而飛！更離譜的是，高雄縣鳳山國小一片重達兩噸的不鏽鋼校門也被偷走。海峽兩岸，偷兒互比身手，令人嘆為觀止。

人類進入二十一世紀，犯罪花樣翻新。利欲薰心，利令智昏的年代，有人在總統候選人辯論會上提出「什麼是教養？」真是大哉問！問得讓人肅然起敬！在不清明的社會，仍然有人頭腦清醒，我們對提問的黃崑巖教授，要向他行注目禮。

如果我們對一個人的行為舉止，說他「一點也沒有家教」或「此人缺少家教」，實在是極為嚴重的批評。

一個沒有家教的人，引人側目，表示我們正處於一個有教養的社會。等到社會上冒出成群結隊毫無家教的人，而群眾也習以為常，見怪不怪，表示我們已經從有教養的社會轉移為沒有教養的社會。

中國大陸十年文革，把中華文化摧毀殆盡。文革的年代，當然是毫無教養的年代。臺灣本來保留了若干善良的儒家文化，近十年來受惡質選舉文化影響，公然說謊的人多了，正義正直的人少了；趨炎附勢的人多了，勇敢誠信的人少了；搞怪的人多了，樸實的人少了，整個社會普遍的品格逐年低落，年輕人敬老尊賢的心也大不如前。沒有人再提禮義廉恥。孝道一落千丈。居然還有兒子把父母綑綁在馬桶邊拳打腳踢，人心淪落到這種地步，難怪殺父弒母的新聞層出不窮。

國家領導層人物，或學者教授的言行，具有風行草偃的影響力。令人悲哀的是，透過媒體，他們比一般人更缺少羞恥心，硬拗瞎辯，完全目中無人。

「沒有家教」，只是一個人和一個家庭的淪陷。等到多數家庭的孩子都缺少家教，甚至愈來愈多的問題家庭在社會上出現，那麼，我們國民的整體水準將愈來愈低，成為國民普遍沒有教養的國家。

說來豈不諷刺，我們幾乎是亞洲國家平均學歷最高的國家，碩士博士滿街，而國民整體教養如此低落，實在讓人汗顏。

「十年樹木，百年樹人」，教育何等重要，但令人困惑的是，如今從最高學府甚至國外許多著名大學畢業回來的學者、教授和官員，說話尖酸刻薄之外，硬把黑的說成白的，這種公然說謊，讓人悲憤天理何在？對人性徹底失望，是人活在世上最大的悲劇。

文明社會的建立，屬於人類的光輝歷史，所以提升教養人人有責，或許只有先從我們自己做起，以身作則，把誠信和正義找回來，期盼「嚴以律己、寬以待人」的良善習性，重新自我們每個人身上誘發出來。

蠻橫止步，教養才會像春風一樣拂上我們的面龐。

選自《人生十感》
二〇〇四年五月

分合

元旦剛過，農曆年也過去了。

一年剛開始就放了兩個年假，理論上應該喜氣洋洋。

從一九九九盼望二〇〇〇年新世紀的到來，我的身邊彷彿仍響著跨世紀深夜人們的歡呼聲，而年代的火輪繼續轉動，一眨眼，二〇〇四年已翩然光臨。

新年，世界各國照例都有跨年晚會，臺灣尤其特殊，今年適逢總統大選，政黨為了選舉造勢，在「特殊的市與市」、「特殊的縣與縣」之間互別苗頭，於是七、八個跨年晚會同時在各地展開。一片歌舞，可又缺少一種昇平現象，各個舞台前的青少年觀眾的笑聲或許是真的，然而這些年輕的笑聲，蓋不住千千萬萬在電視機前觀看實況轉播的絕大多數人的憂慮和挫折以及茫然。迎面而來的新年——新的三百六十五個日子要如何走下去，電視機前的觀眾似乎人人都有困境。歡笑聲只屬於電視機裡的藝人，一點也無法感染給看電視的人。

還有更難想像的畫面，原來藍綠觀眾都在避開自己厭惡的政治人物和支持他們的媒體人。還好遙控器控制在自己手裡，有時關機唯恐不及。我的朋友K君尤其情緒反應激烈，他每次看到幾張醜陋的面孔，就憤怒不已，其中還有他當年認識的朋友，「一個人怎麼可能變得如此可怕」，他說：「不關掉電視，我的心臟會負荷不了。」

你可以說他說得有些誇張。但這類翻臉的戲碼，不停地在每個家庭的電視機前上演。哦，到底是誰，讓我們每個人和每個人之間都彼此豎起了紅色警戒線！

土石流、大地震、SARS……二十一世紀似乎不像我們預期的是一個新的、充滿希望的世紀，反倒像白雪公主裡的老巫婆，她進得門來，一點也沒有為我們帶來好消息。帶給我們的都是恐懼和驚慌。

你還想打開電視機嗎？電視機裡絕大多數的人都在要無賴。我們的領導人帶著大家不停地欣賞魔幻寫實戲，真假虛實，完全不是小老百姓所能瞭解。於是大家各自創作，自設立場，說自己的話，替別人畫顏色，也讓別人為我們畫顏色，站在自己設定的圈圈裡，看著別人的圈圈，你一國我一國，豈止兩國論，更確切地說，你和我，我和他之間已經兩臺論、兩家論，兩友論甚至兩色論，顏色和顏色竟然也成了敵人，畫家拿起筆來，夫復何言！

二〇〇四年一月十七日，舉辦「兩項公投議題」民調，發現正反意見旗鼓相當的《中國時報》，在第二天報紙首版刊出的頭條大標題為：「國人共識呈現分歧」。

陳水扁擔任總統不到四年，把一個理應團結的國家弄得分裂、分歧，倒也是天才。如今凡事都呈現對立，甚至敵對狀態，同胞變成敵人，真是奇也怪哉！

國就是更大的家，如果一個家庭也凡事都分兩派意見，永遠吵吵鬧鬧，這個家還有什麼前途可言。家長，家長就是要讓家裡的成員親密和諧的人。

請給我們一個團結的國家，而不是一個分裂的國家！

選自《人生十感》
二〇〇四年五月

只剩一個「傷」字

思想和行為撕裂，就會變成瘋子。

睜著眼睛說瞎話，是另一種瘋子。明明是黑的，他說是白的。明明是死的，他說是活的。自從社會流行顛覆，大家都學會瞎掰。你說東我偏說西，你向左走，對不起，我要向右走。

標新立異的結果，是語不驚人死不休。現在，只要有誰敢向真理挑戰，似乎就成了英雄，成不了英雄，也可成為狗熊。英雄狗熊只是一線之隔。令人啼笑皆非的是，如今誰還想做英雄？英雄早已變成一個笑話；倒是狗熊，成群結隊而來，不但在綜藝節目裡是主角，在政治舞台上也橫行霸道，儼然已成為我們這個時代的發言人。

硬拗，不錯，這是一個硬拗的年代。拗，固執、不順從、死不認帳。你說，現在失業率高，他說，經濟不景氣是世界性的。你說政策搖擺，缺乏執行力，他說都是在野黨扯後腿害的。你說教改十年，改得亂無章法，他說教改是長遠的路，只要繼續往前走，就會看到美麗的成果……

一個無交集的社會，一個無共鳴的年代，吵、吵、吵，如果沒什麼可吵了，放心，有人會「每日一丟」，丟出一個讓你爭議不休的新議題，譬如兩國論、一邊一國、正名運動、中華民國存不存在、辦不辦公投、國文科考試廢不廢作文，或者改寫歷史，把中文系稱作外文系，把中國史改成世界史……治國原本是希望自己的國家風調雨順、國泰民安，奇怪的是，我們國家目前的許多施政方針似乎是惟恐天下不亂，主政者把國家大事當成實驗劇場。每日打開報紙或電視，總是讓民眾一驚又一驚，是測試老百姓的心臟是否健全嗎？社會上憂鬱症和躁鬱症人數已夠眾多，自殺的人，大家早已司空見慣，這真是一個令人傷心的年代。我們當然不敢再提聖賢，連所有人字邊的字，我們都不敢看，不忍想，譬如「儒」，譬如「傳」。

儒，學者之稱，從人，從需，意指：「學者，乃人群中最需要者」。儒吏儒將儒相儒醫……如今還有誰敢說儒學？至於傳——不管傳統、傳人、傳世、傳家或傳道、傳教，誰還在乎傳不傳承？我們只剩一個「傷」字——你傷我，我傷你，彼此在傷口上抹鹽。傷風敗俗，傷人心、驚人魂，傷天害理的事頻傳，但大家視而不見，習以為常。紅衛兵似的網軍酸民就是要讓你傷腦筋，把政敵鬥黑、鬥臭、鬥垮。「謊言說一千遍，就是真理」於是造謠、抹黑，成為常態。一種傷心慘目的氛圍，彌漫在我們四周。

當然，也有人完全不傷心，他們已練就了一顆鐵石心腸，不讀報、不看電視新聞、不管家國大事，「晚九朝五」或「我行我素」，也許還有一顆滾燙的內心，但擺在臉上的是冷漠表情。至於讓自己完全麻木或比麻木更冷酷的「醉生夢死」，到底是自願還是非自願，我們已分辨不清。整個臺灣島，彷彿變成一艘愚人船。

有人因社會沒有是非，選舉不公不義而跳樓，選舉、選舉，選到這等地步，我們的憲政體制到底出了什麼毛病？

傷心，為何我們如此傷心？大家都說「愛臺灣！」應該讓生活在這個島上的人快快樂樂。也許有些人躲在黑暗中微笑，但得意的人不應該把自己的快樂建築在別人的傷痛上。報復的快樂只是恨的宣洩，真正的快樂應當像大海接納百川。把二千三百萬人看成一體，謀全民的幸福，臺灣才是名副其實的真寶島！

二〇二〇年六月十二日改寫

東西南北人

選舉、選舉，二〇〇四年總統選舉終於過去了，但六百萬人和六百萬人反方向而行，雙方均高喊「包容、和諧、容忍」，然而哭的哭、笑的笑，有人沮喪，有人歡樂，有人焦慮，有人得意，有人衝上街頭推越拒馬，有人正在家歡樂的慶功，所謂一條船上的人，此刻都各有盤算，船雖然在怒海中行駛，船上人心東南西北。是的，此刻，我們多數人都成了東西南北人，轉，轉，轉，天旋地轉。我在大地上轉，也在房間裡轉。電話一通通進來，各樣的人說著各樣的話，電視機裡有人在唱國歌，有人高喊驗票！另一個場景，有人問，驗什麼票？誰說作弊，拿證據出來！

與二〇〇四年三月二十日總統選舉同時投票的兩項違法公投果然均未過關，有人表示興奮，有人臉上無光，你的快樂，建築在我的痛苦上，我的得意，正因為你大勢已去。對立，對立，對立讓一方的切膚之痛，另一方完全沒有感覺；對立讓雙方冷暖自知。歡樂不可能和痛苦有所交集。哭和笑的兩群人，都背對著背。我把桌面上左邊的書籍信件移向右邊，又把右邊的書籍信件移向左邊，轉，轉，桌上的東西愈轉愈亂。電話仍然不斷進來，每個人說著東西南北不一樣的話，我的書房似乎真的變成一艘船，在海上東西南北的轉著……透過電視，我看到街上擠爆了群眾，臺北、臺中、高雄……從東西南北方向聚攏來的人，在高喊、在怒吼，警察是另一群東西南北人，他們被人推來推去，身前有盾牌，手上持棍子，民眾把棍子奪下來，把棍當劍，彷彿回到看《三劍客》電影的年代，俠客互擊，讓人心生驚恐。

所有電影上的情節和畫面，全進入到真實生活來。一場總統選舉，把同胞撕成兩軍。「一半擁著一半　和平／一半指責一半　戰爭」。兩顆子彈引起的怒吼，在凱達格蘭大道響徹雲霄。

轉，轉，和平了五十多年的臺灣正在天旋地轉，把我們轉成東西南北人。有人在悲泣，有人在偷笑，號啕大哭的人面前正坐著一個心中暗爽的人。是誰把我們的國家一分為二？是誰讓同胞和同胞變成了敵人和敵人？

太陽從東方升起，西方落下，人也一樣，活著要有方向、目標，才有希望！好端端的人生，一夕之間，是誰把我們變成東西南北人？時局，時局，時局！時局大亂，受苦受難的是天下蒼生。戰爭尚未來臨，為何人心已經大亂？一場選舉，到底是選出了一個總統，還是選來了一場災難、一場可能國變的大災難？

附註：二〇〇四年三月三十日中國時報頭版頭條：三二七後本報民調，二〇〇萬人為大選翻臉「本屆大選競爭高度激烈，由於藍綠雙方嚴重對立，導致家庭失和、夫妻反目、兄弟鬩牆與好友決裂等事件層出不窮」。

選自《人生十感》
二〇〇四年五月

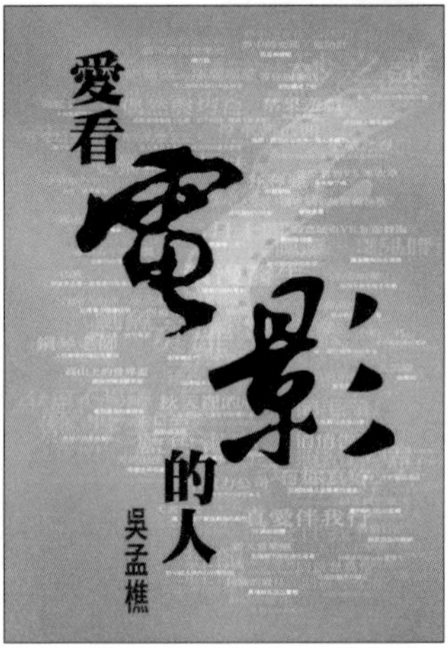

封面設計： 嚴君怡

芬蘭紙

世界稀奇，以前只聽過人會水土不服，從未想到紙，也會水土不服。

為吳孟樵出過幾本談電影、看電影的書，她的《不落幕的文學與愛情電影》，出版後銷路尚可，連帶著，她的《愛看電影的人》也引來不少影迷購買，好幾家書店都來添書，但沒幾天，發出去的書紛紛被書店退了回來，現在，一切都講品管，《愛看電影的人》出版於二〇〇三年，那一陣子，爾雅的書只要有圖片的，我都喜歡選芬蘭紙，芬蘭紙色澤柔和，略帶一些淺淺的米黃，根據專家建議，太白太亮的紙會傷眼，不如米黃色較能保護眼睛，而更主要原因，這些由木材製成的紙，最大特色是翻讀起來有一種柔軟度，我不喜歡選硬度高的紙，有些書，似乎只是擺著好看，你想翻開閱讀，它會自動關起來，似乎拒絕一雙想要閱讀的眼睛。這一類書，紙厚且硬，架式很夠，像一個粗線條的人，只能遠觀，沒法貼近談心。

但隔了五、六年，萬萬想不到芬蘭紙的缺點一一凸顯，原來臺灣氣候潮濕，再經光線照射，當初用芬蘭紙印的書，三邊會出現像水漬般的花紋，明明一包包放在倉庫裡從未發到書店的新書，看起來卻像擺在書店一段時日，無法銷售出去，終於被書店退回的舊書。紙一泛黃，彷彿就有了歲月，何況，芬蘭紙原先的色澤就略帶米黃，黃中泛黃，像極了風漬書和回頭書，這時再怎麼向讀者解釋也說不清楚了，客戶的感覺只有一句話：「你們怎麼可以把那麼舊的書送過來？」

連有些作者也開始懷疑我們或許是為了省錢，選用了比較便宜的紙，還好我自己的《２００２／隱地》、《自從有了書以後》也用了芬蘭紙，出版社負責人自己出書，總不可能選便宜的紙吧，當年引進 UPM 芬蘭紙的大鄴公司，當他們得知芬蘭紙不適合臺灣的潮濕氣候之後，已於二〇一一年起停止進口，並為此事甚感遺憾抱歉，只是倉庫裡變色的將近三、四十種好書，均因紙張色澤的變化，只好切成紙漿，心痛之餘，我這個從事出版行業數十年「做書的人」，算是「活到老，學到老」。雖說學到了教訓，但要付出的代價也真昂貴啊！

選自《生命中特殊的一年》
二〇一三年十一月

快樂不快樂？

每天／微笑／就是慶典

——李進文

之1

每次和朋友寫信，我們總是會祝福對方快樂。

不停地向對方說：「祝你快樂」，正是因為快樂不易得。不快樂的人，在這世上佔了絕大多數，好不容易這會兒心裡有些快樂，但快樂總是稍縱即逝。

快樂和健康是人世間的一雙寶貝，幾乎每個人都在追逐這對孿生兄弟，然而誰敢保證自己一輩子擁有健康，更無人敢說，自己會永遠快樂。

人為什麼不快樂？

事與願違，我們就會不快樂。

人有妒嫉心，妒嫉，使我們不快樂，被人妒嫉，一樣不快樂。

而人最麻煩的是會討厭同類，看到討厭的人，當然不快樂。

人需要別人尊敬，一旦發現自己並非是別人尊敬的人，一股不快樂的情緒立刻油然而生。

人見不得別人好，而眼前的社會，一眼望去處處小人當道，佞人得志，於是面對惡劣的大環境，不快樂的人數直線上升。

不快樂，其實就是死神。它正等著我們。任何人逃不過它這一關，因此，追求快樂，愈發顯得難能可貴。

閃躲不快樂有一些方法，譬如只問耕耘，不問收穫；只求付出，不求回報。設法多想別人的好處，學習包容對方。

心胸狹小的人一定不快樂。看不得別人成功的人，等於註定要赴死亡的約會。

所以，不快樂的人等於是找自己的麻煩、和自己過不去。一個不快樂的人，可能是因為缺少興趣。沒有自己的專長。對生活失去重心。

如果事業不順心，愛情不得意，口袋裡也沒錢……到了這種地步，任誰也會不快樂，但當你想到，這是死神要來降伏我們，當然應設法反撲，只要發揮吃苦精神，熱情誠懇的待人，我們一定會走出一條屬於自己的路來，有路可走，不快樂就會暫時和我們告別。

快樂，正是對付不快樂的唯一法門。

所以，當不快樂正向你的心靈侵襲，不管什麼原因，你要抵抗。

不快樂是一種病菌，千萬勿讓它纏身。

之2

快樂只是一種思想。思想快樂，你就是一個快樂的人。思想不快樂，你永遠快樂不起來！

快樂就是歡喜。有人說，快樂的人比較膚淺，然而活在當今之世，「長的是磨難，短的是人生」，若有人還想「先天下之憂而憂，後天下之樂而樂」，那麼，我保證他已往生一百回，南方朔曾用「涸竭」（Exhaustion）形容二十一世紀開始的此時。是的，我們活在一個「涸竭」的年代，大家都看不到光，希望渺茫，而我們只剩下一個疲憊的身軀，然而只要肯做自己喜歡的自己，只要心不死，我們仍然都是有用的人。

快樂是一種情緒。禁忌愈多，快樂愈少。懂得控制情緒的方法，你已經站在快樂的一方。

快樂也是一種個性，有些人生來悲觀，要追求快樂也難。但閱讀和閱歷都能使人智慧增加，人一豁達，快樂就跟來了。

快樂的境界有高低，從工作中獲得的快樂，境界最高；其次，減少的快樂，也是高層次的快樂，比起貪得無厭的快樂，真是雲泥之別。

當社會面對愈來愈多的單身家庭，我們也要學習獨處的快樂。閱讀，以及和音樂做朋友，讓自己的一顆心安靜下來。安靜而踏實的心靈，也是快樂的泉源。

每每快樂的時候常會悲從中來，原來憂喜本就一線之隔。

苦樂、苦樂，悲苦的童年，往往也是未來奔向快樂的一種累積，成為中年以後收穫不盡的一座寶礦。「吃得苦中苦，方為人上人」，有些古話，至今仍為真理。反之，先甘後苦，「少年不努力，老大徒傷悲。」不事耕耘，只懂享受和揮霍，那麼，老來苦真是苦。可見辛苦和快樂是一體兩面，不知道何謂痛苦，大概真正的快樂也就難以體會。

快樂和幸福有別，幸福是「運命安吉，境遇順遂」，快樂則需我們主動追求，追求得到的快樂，是辛苦播種而來，所以是一種「果」，屬於「種豆得豆、種瓜得瓜」的一種「果」，我們也可以說「種快樂之因，才得快樂之果」，但快樂果收成之日，切忌得意忘形，快樂就好像春風，讓人人覺得舒適，快樂過了頭，就變成颱風和颶風甚至演變成「暴風雨」，那麼就會樂極生悲。

快樂的人，要切記！切記！

流浪與迷路

二〇一五年七月，出版《隱地看電影》一書時，我已七十八歲，轉眼又過了五年，這五年我幾乎很少進出電影院，總共有沒有十次？也就是說，一輩子自稱影迷的我，如今一年進不了電影院一、兩次，這真是始料未及，總以為自己會一直不停地進出電影院，因為看電影代表的是快樂，我怎麼竟連對快樂也不熱衷了？

原來，看電影也需要熱情和力氣，原先我銳利的視力，如今不但衰弱，還畏光，必需天天戴著墨鏡，人真的會老，身為老人，生活圈子就必然日日縮小，電影院烏漆墨黑，是老人避之惟恐不及的地方，何況自己腳力也差了，再加上傳統的電影院早已繳械，如今的電影院像迷魂陣，門外沒有電影看板，門內缺少說明書，如何看電影，對於當今老人，一切都摸不著邊了，這是個一切都在改變的社會，退而求其次，我只好在家裡看電影，可惜電視上的電影，多半是胡鬧的搞笑片，讓我滿意的電影不多，而大約兩年前，出現了一個 amc 頻道，專映小眾電影，頗多清新小品，日前就看到一部片名《此地》

（Right Here Right Now）的小成本電影，以亞美尼亞共和國為背景，故事以一名美國導航電子地圖測量員，來到亞美尼亞工作，認識了熱愛攝影剛從國外回到家鄉的嘉德琳恩，她熱情又迷人，兩人不久墜入愛河，但測量員威爾，從未打算結婚成家，他一心嚮往流浪，他滿意自己的工作，可以四處流浪，他完全不想定下來，他是一個永遠想走得更遠的人，最好迷路，這樣的人，雖然也愛著美麗的嘉德琳恩，更被她的獨特性格吸引，但當嘉德琳恩希望他留下來，留在自己的家鄉，對威爾來說，他從未想和一般人一樣過平凡家庭生活，沒有人可以綁住他一顆想流浪的心。

何況他還說：「流浪是我的路，迷路是我的目標。」一個希望自己迷路的人，有哪個女孩會和他繼續交往。

整部電影像一首詩，當威爾進行測量工作時，熱愛攝影的嘉德琳恩在一旁陪著他，順便也拍下了一望無際的亞美尼亞風光，在每一個陡峭懸崖都曾留有他們擁抱的記憶，然而「此地」儘管迷人，仍然有「他方」在遠處吸引著威爾。

嘉德琳恩和威爾，只是天空裡兩片偶爾碰在一起的雲，世上多少男人、女人愛過之後，最後還是要各分東西。

但只要是一首好詩，仍然令人難以忘懷。

二〇二〇年三月三十日

一本讓我們開悟的書

不快樂的童年，像揮之不去的陰影，吳孟樵生長在一個父親不常在家，母親重男輕女的家庭中，養成了她敏感躍動的心魂，幸虧後來她愛閱讀寫作，讓她不安的一顆心得到沉靜，之後，又迷上電影，從無數的電影中得到啟發，讓少女時代經常作著千奇百怪夢境透視自己的靈魂，有了安放所在；特別是當吳孟樵看了俄國導演安德烈·薩金塞夫所執導的父子衝突電影《歸鄉》，她彷彿整個靈魂被衝撞到了，於是她展開本書的書寫，將電影和自己的生命銜接，

《歸鄉》的親子關係與俄羅斯文化——這位導演讓我想起我爸媽

由於全情投入，我們讀到一本令人感動無比的書，生命充滿遺憾，人人都有困境，在閱讀過程中，我們和吳孟樵一樣，療癒了自己的悲傷，也得到了生命的啟示；愛看電影的吳孟樵，寫過電影書籍《不落幕的文學愛情電影》和《愛看電影的人》，十數年鑽研電影，如今她本身已成為一本電影百科全書，我若有關於電影上的疑問，均撥電話求救於她；所以，我要向大家推薦這本讓我們開悟的好書。

二〇一九年十二月二日

如小島的陽光　如黑暗中的曙光

——《郵差》與詩人聶魯達

相同的夜漂泊著相同的樹，
昔日的我們已不復存在。
啊，如今我確已不再愛她。
但我曾經多愛她啊。
愛是這麼短，遺忘是這麼長。

以上兩段，錄自智利詩人，也是諾貝爾文學獎得主聶魯達的詩句。

電影《郵差》，就是以聶魯達為主人翁而拍攝的半虛構半真實傳記電影，他在一九五二年由於政治的原因，流亡到義大利那不勒斯附近的小島，和一個天天為他送信的人做了朋友，中間穿插動人的愛情、舞蹈和音樂，而全片感人至深的是，整部電影像極了那不勒斯四周小島上的陽光，編導肯定人性的溫度，在風景如畫的銀幕上，《郵差》本身就是一首美麗的詩！

聶魯達是二十世紀拉丁美洲的偉大詩人，也是世界上最好的詩人之一，他相信詩歌與人類應有親愛的密切關係，他的言行影響了《郵差》馬利歐，馬利歐後來喪生於社會主義運動，郵差的死，令聶魯達悲痛不已。

這部電影是黑暗中跳出的一縷光，當眼前的世界混濁如亂世，這樣清新的一部電影出現，真的是如同混沌大地上新織的一個夢！

附註

只要翻尋舊物，就會有所收穫，日前又翻出一張一九九六年三月二十三日的《中國時報》，原來在影劇版上有一個「喜歡就好」的專欄，約了一組人馬，計有影評人張昌彥，詩人鴻鴻和精神科醫師王浩威以及本人，共同到西門町影片公司看電影，然後需交出一篇「觀影記」，不久就會刊登在報紙上。

八〇、九〇年代，似乎經常有電影公司會邀請文人看電影，寫作圈的朋友，也因此常有機會彼此見面，那是一個文人相親的年代，老中青三代，常在一起看完電影後，還相約到咖啡館談文論藝，不曉得何年何月起，整個社會的氛圍變得冷漠了，想來想去，可能是從「純文學」年代的林海音（一九一八—二〇〇一）離我們而去後，文人和文人就不再那麼親了……

二〇二〇年五月三十日

當全世界的人都戴起了口罩

——看不見敵人的第三次世界大戰

一九一四至一九一八年，發生了第一次世界大戰；一九三七至一九四五年又發生第二次世界大戰，想不到七十五年之後，也就是二〇二〇年一月二十三日，正當大家歡喜的準備迎接除夕，度一個闔家歡樂的大年夜，令人大出意外的，一種名叫新冠肺炎的病毒，正默默地展開對人類宣戰；這場沒有敵人的戰爭，如今在人們心目中，大家都認為就是第三次世界大戰赤裸裸地攤開在我們眼前。

剛開始時有警覺性的人還不多，而且對凶悍的病毒所知有限，因為最早傳出被病毒攻擊的是武漢的民眾，因此武漢立即封城，人們最初聽到的名稱是武漢肺炎，隨著疫情不斷擴大，街上開始出現越來越多的人戴起口罩，其實早在二〇〇三年來勢洶洶的ＳＡＲＳ病毒，臺灣人早已學會戴口罩，寫二〇〇三年爾雅「作家日記」的郭強生，老早就在書中高喊：「請戴口罩」，彼時，我自己也寫過一首題名〈戰時〉的詩：

未聞槍聲
也不見手榴彈爆炸
看不到敵人
看到的　只是行色匆匆戴著口罩的路人

路人為何慌張
躲警報嗎？
還是逃避暗巷中可能射出的子彈！

不　我們只躲會咳嗽的人
還有橫飛而來的口沫

這是戰時
我戴著口罩　只露兩隻惶惑　驚恐的眼睛
左右掃描　誰會射出口中毒液

戰火密布
電視機裡　每天都有新的戰報

損兵折將　我們醫院裡的戰士
也為沙魔煞到

戴口罩的人瞪著戴口罩的人
我們用兩隻眼睛交戰
戰況真的激烈
你瞧
連信義路「鼎泰豐」前排隊吃湯包的日本鬼子都無影無蹤
這個城市
大家都逃往何處？

戴著口罩的戰士
你到底施放了什麼致命武器?!
讓我們信心瓦解
讓我們成了甕中之鱉！

做夢也想不到經過了十七年，來了一個比SARS更蠻強的病毒，它的恐怖在於讓染疫者有時毫無徵狀，不像ＳＡＲＳ病菌，只要測量體溫，就能知道自己是否感染，而無徵狀卻又被宣告確診，這種防不勝防的新冠病毒，難怪令人聞之喪膽！

剛開始，人們以為這種新冠病毒，不久就能像ＳＡＲＳ或其他流行病毒，很快為醫療大隊控制，至多三、五個禮拜就會平靜下來，沒想到新冠肺炎的疫情像天外野火一波波燒不停，從亞洲起航，不久就燒到了歐洲、再從歐洲傳到了美洲和非洲，不過十幾天，幾乎全世界的疫情都爆裂了開來……

就像詩人白靈的一首詩：〈瘟神占領的城市〉，其中四句：

唯有口罩像印鈔機似忙碌
棺木一夜間黃金般被搶購一空
在武漢在東京在倫巴底在馬德里在倫敦
有孩子不停問：為什麼看不見摸不著會叫病毒

其實臺灣早在一月二十一日就出現首例確診，確診者是一位武漢尚未封城之前逃回來的臺商，就是從這一天起算，新冠肺炎（covid-19）到了四月二十九日，成為臺灣確診一百天！

人們從不害怕開始害怕，從不戴口罩，開始全世界的人都在尋找口罩，都急切著要戴起口罩才敢出門，才稍稍感覺些微安全。

光影推移，人們隨著日月交替，戰戰兢兢的過著日子，但病毒絲毫不饒人，日日進逼，讓世界各地的染疫人數日日添增、不斷增加，逼使各國政府開始封城，不准民眾上街，甚至不准走動，只能待在家裡，人人成為宅男宅女，臺灣算是幸運之地，到目前為止，除非確診，或從外地回來，需要居家隔離十四天，一般民眾，總算還能過正常生活，上班上學，也一切如常，只是彼此戴著口罩，保持社交距離，但顯然的，人們臉上都露著驚恐，把每一個迎面走來的人似乎都當成病菌，唯恐傳染到己身，人閃躲著人，天啊，這是一個什麼世界？

二月、三月、四月，整整三個月過去了，疫情還在往上竄，全世界已經超過三百萬人確診，二十萬人死於新冠肺炎，特別是美國，死亡人數已超越越戰時期美軍陣亡的五萬八千人，但越戰前後打了二十年，新冠肺炎爆發至今不過百日，而世界各地疫情之火仍在熊熊燃燒，即使五月過去，看來疫情仍止不住，疫苗儘管傳說各國都在競賽似地研發，但就是一時還拿不出來，每一個封城的居民，都悶得快要發瘋了，人是動物，卻被逼不能走動，不能上班，不能做小生意，這就代表財源被斷，而五臟廟日日要拜祭三回，如今口袋裡的錢只出不進，人人坐困愁城、坐吃山空，急煞人也！想著想著，豈止是人人都有困境，簡直是人人都要得神經病！

臺灣四月中曾連續三天零確診，讓人精神為之一振，街頭人潮開始多了起來，商店、餐廳也重新有人進出，但四月十八日突然又爆出海軍敦睦艦隊——磐石艦有二十四名官兵確診新冠肺炎，於是民眾再度風聲鶴唳，多半又躲在家中不敢出來，朋友之間剛想打個照面聊聊天的，也立即打消念頭。

我自己原先有三組人馬，固定每個月或每一季聚餐碰面的老友，自從新冠肺炎光臨，大家不約而同，都自動取消約會，其中最特別的一組號稱「六老人」的小群組，成立至今超過二十年，成員中詩人向明大哥年歲最大，已九十有三，接下來是九十一歲的張騰蛟和丁文智，然後是八十九歲的詩人碧果，而在下，我自己，用中國歲數算，也有八十四了，最小的朵思，也只小我一歲，這樣一組人馬，二十年來風雨無阻，每個月必定在南京西路「天廚餐廳」見面一次，吃飯喝酒聊天之後，總是還不盡興，中間步行十分鐘，到另一家在巷弄裡名叫「這裡」的咖啡館，繼續談詩論文好不快哉，但這樣一個快樂餐會，也因新冠病毒攪局，已連續三個月一延再延，像我們這樣幾乎可稱「天廚」最忠實的粉絲都不聚餐了，難怪「天廚」的老闆陳虎符在電視上大呼，自疫情蔓延以來，餐廳每個月幾乎要賠兩百萬！

臺灣的經濟正面臨最嚴峻的打擊，啊，這真的是戰爭時代，戰爭，保命要緊，其餘的一切苦楚都只能往肚裡吞，小小老百姓，又能怎樣？

終於有一天接到文友文義電話，說舒國治想找我喝杯咖啡聊聊天，我立即高興的說，歡迎歡迎，讓我作個小東，我們約在金石堂「瑪德蓮法式小酒館」，餐廳當然人不多，我選了一張四人桌，國治兄先到，我站起來歡迎，請他和我並坐，不過國治兄一切照中央防治中心的規定說要保持社交距離，於是請餐廳服務人員再拉一張小桌子過來，以六人座的方式，坐成三角形，也就是說每人桌對面都是一個空位，菜上來了，我們一面吃一面聊天，但我感覺說話時必須斜著身體，而且我的耳朵不好，平時就算坐在對面，也總要靠緊身體側耳細聽，才能知道對方說了什麼，這樣一想，也就專心吃飯吧，於是三人開始悶頭各吃各的，還好選的是西餐廳，總算吃了一頓好飯。

餐後喝咖啡，這可是聊天時間，但因彼此坐得遠，保持社交距離，讓我們三個人成為一個等邊三角形，國治和文義聊得盡興，我在旁邊做聽眾，拚命點頭，表示正在傾聽，偶爾當然也丟幾個話頭，以表賓主皆歡。

在彷若第三次世界大戰時，我們還能和朋友見面喝咖啡聊天，說來真是要知足感恩，疫情仍在燃燒，世界上許多城市仍在封城，想走出來呼吸一口新鮮空氣，仍是一個夢，身在臺灣的人有福了，我只盼望疫苗快點出來，疫情快些過去，讓我們「六老人」能像往常一樣，過尋常日子，每個月見面一次，而且可以坐得緊些，不必再硬性規定保持「社交距離」，因為我們都老了，我們的耳朵都不好。

讓我們重新脫下口罩，還我本來面目，讓人們重新互相看得見對方的微笑，人若一出門就需戴上口罩，而且天天戴、時刻地戴，總有一天人們都會感覺自己快要不能呼吸，而呼吸是我們做為人類最基本的權利啊！

二〇二〇年五月五日

人類快要不能呼吸

——二〇二〇年春夏二季的黑色戲碼

有時候
一天豐富多彩
如一生

有時候
一生貧瘠　單薄
如一天

一天裏能有多少戲碼？
群戲　獨角
雙生雙旦
當然　一男一女是主戲

偶爾也會串成鐵三角
（一條狗和一個人
也可演出一齣賺人熱淚的悲喜劇）

一天的戲碼
端看自己的心情
可以演得癡迷投入
也可扮一個冷眼的觀眾

明天會有一個全新日子
我們可以修正今天走樣的戲碼
讓明天的新戲
如詩如畫

對不起，「如詩如畫」的戲碼沒有出現，二〇二〇年的春天光臨，「人會笑，獸不會笑」的全球人類社會，卻上演了一場讓人驚呼連連的黑色大戲——新冠肺炎！

人類因此快要不能呼吸……

當二〇二〇年五月五日，我在前篇文末寫下「……而呼吸是我們做為人類最基本的權利啊！」誰想到五月二十五日突然發生美國黑人弗洛伊德被白人警察壓制致死的大新聞，他在垂死掙扎前說出了一句讓世人難忘的經典名句：「我快要不能呼吸！」

從二〇二〇年一月二十三日到今天六月十三日，整整五個月的時間，新冠肺炎已把全世界人類壓得快要不能呼吸，疫情不但讓全球確診人類已達七百六十萬，更直接害死了將近四十萬人，排名在前的十個國家，每日處理屍體已到了山窮水盡之路，草草掩埋，連家人想見最後一面都成為夢想，真是世紀大悲劇，而經濟壓力尾隨於後，許多疫情極慘之國，卻迫解封，領導人只能在到底要讓人民病死還是餓死之間作一選擇。

美國，這個稱霸世界打著民主口號的老大，經不起新冠肺炎的襲擊，原來也只不過是一隻紙老虎，而且一向最講究誠實的國家，在川普總統的領導下，我們才發現美國完全是一個雙重標準的國家，一方面透過ＣＩＡ在幕後煽動「反送中」，如今「抗議場景」一下子拉到了美國本土，現世報如此迅速，「昨日香港，今日美國」，在美國示威現場，ＣＮＮ記者一樣被警察戴上手銬押走，同一天，國務卿蓬佩奧居然還有臉接見當年六四所謂民運人士，一切歷史的發展軌跡，都讓人覺得吊詭且不可思議。

高居新冠肺炎第一的美國，根據《紐約時報》報導，美國每月新增病例仍維持在兩萬例左右，至六月十二日確診更跨越二百萬大關，死亡逼近十一萬四千例；德州和亞歷桑那等州情況最為嚴重。

新冠肺炎病情在歐洲方面雖稍有緩和，但在全球仍居高不下，單單六月七日這一天，全球新冠肺炎新增確診人數為十三萬六千例，是疫情爆發以來單日最高，其中四分之三集中於十個國家，多數位於中南美洲及南亞，包括印度、巴西、墨西哥、南非等國。

專家一直預測，秋天之後，新冠肺炎可能還會有第二波，恐怖的是，連續五十六天零確診的北京市，突然於六月十一日又出現第二波確診者，至六月十六日，確診人數破百，而日本東京亦出現第二波確診病例，看來，人類的災難一時還望不到盡頭！

二〇二〇年六月十七日

作者附註

六月二十一日《中國時報》的頭版頭條大新聞仍是：

「單日確診逾十五萬，創新高——全球新冠疫情大爆發」；到了六月二十三日，《聯合報》A8頭新聞：

「全球新增十八・三萬確診，單日新高」。

當本書即將上機付印的前一天，六月二十九日的《聯合報》上刊出：「全球新冠肺炎確診人數已飆破千萬。疫情爆發七個月來，死亡人數已近五十萬。四月二日，全球確診人數超過一百萬人，隨後不到三個月，全球病例暴增十倍。」

文壇不見了

日前海外文人回國，想約見一些老友，發現這人沒消息，那人不見了，「怎麼，你們現在國內，彼此也甚少聯繫？」

「大家都老了，沒有力氣互通訊息，日子久了，彼此也就疏遠了……」

一點也不錯，這些年的臺灣，政治的版圖越來越大，打開電視，都是名嘴們在唇槍舌劍，刀光劍影的不再是武俠電影，而是政黨政治的互罵，彼此砍來砍去，把唱歌跳舞的節目全擠掉了，文化新聞更是少得可憐，臺灣，人人口口聲聲喊著自由民主，但表現出來的，慈眉善目的人少了，隨時準備和人吵架的人多了，交通事故頻傳，為了搶停車位，或一點點小磨擦，就會在街上打起架來，高學歷的社會，人人得理不饒人也就算了，偏偏歪理也敢大聲講。

如今更讓人惶恐的，走在臺灣街頭，或搭個捷運，竟然隨時會遇上無意識殺人事件，從二〇一四年鄭捷在臺北捷運車廂的狂殺無辜，到二〇一六年內湖王景玉走在路上，將牽著媽媽手的快樂女童小燈泡，莫名其妙的隨機殺害；二〇一八年又發生華山草原分屍案，兇手陳伯謙將高姓女子性侵後勒斃支解；二〇一九年七月三日，嘉義車站鐵路員警李承翰因處理無票乘客反遭刺傷後因大量失血不治，最後殺警案竟判無罪，以至讓警察之父李增文抑鬱吐血而死……二〇二〇年三月十三日，新店一對夫妻因用餐地點意見不合，丈夫王秉華為發洩情緒，竟然持刀殺死剛好騎車經過的林某；不過三個月，二〇二〇年六月十一日，又發生淡水校園隨機殺人，一名十六歲劉姓高中生，無故從背部砍殺正在排隊量體溫，準備入校的十歲女童。

治安如此敗壞，社會真的病得不輕，人民有免於恐懼的自由，如今發生那麼多的隨機殺人恐怖案件，主政者以及司法、教育、內政部各部會高官都能推卸責任嗎？

這時真的懷念起上個世紀八〇、九〇年代處處談文論藝的社會，基本道德觀念還在，加以人們生活裡多少注入些音樂和美育，在書頁裡尋找詩情，多讀小說多看電影，甚至常和志同道合的朋友聚聚，日子會過得柔和些。剛好前些天整理舊物，翻出一張舊報紙，看到一篇當年《中國時報》文教記者朱恩伶寫的〈臺北文人，去那裡吃喝談樂？〉想起三、四十年前的臺北文人，日子過得快樂又充實，如今文章中的那些文人都去了哪兒，原先將臺北點綴的熱鬧又生氣蓬勃的店家，如今又安在？

二〇二〇年六月十七日

附錄

臺北文人，去那裡吃喝談樂？

——文藝圈熱門聚會處大曝光

朱恩伶

熟悉臺北文壇的人，如果記憶不差，都知道過去「明星咖啡館」是文人聚集地的代名詞。可是在主流解體的現代，社會朝多元化發展，不同的作家圈擁有各自的地盤，不再固定出沒在同一個場所。

從「明星」的濃厚藝文氣質，到「躲貓貓」的觥籌交錯；從一杯咖啡、一疊稿紙，一個人靜靜寫作一下午的咖啡屋，到呼朋引伴、酒菜滿桌，盡情高言的小酒館，臺北文人聚會寫作的熱門去處，正隨著時光推移，不著痕跡的改變著。

我把自己當成小飛俠，盤旋天空，俯視臺北當代文人的活動，將他們濃縮在一天裡，你可能會在不同場景看到這樣一幕幕的景象：

中午時分，陳玉慧出現在公館金石堂樓下的「金池塘」，簡媜已經在裡面等她，準備與稍後趕來的藝評家陸蓉之一起主持《徵婚啟事》新書發表會。隔桌則是遠流的編輯正在和其他作家洽談出書事宜。由於地利之便，「金池塘」早已成為遠流出版公司的地盤。

同一時間，愛亞在「姑姑筵」吃中飯，這間由《時報周刊》連慧玲、《中時周刊》古碧玲與友人合開的咖啡屋，也是眾多文人常聚之地，它最特別之處是每一張餐桌，其實都是由一部縫衣機改裝而成；陳玉慧也曾經在此處與另一個文人聚集地「談話頭」分別進行徵婚。

座落重慶南路東華書局二樓的「馬可波羅」，則有另一場饗宴登場。蔣勳、席慕蓉與張曉風經常約在這裡見面，偶爾也會碰到楚戈、隱地、馬森與《藝術家》雜誌的何政廣。蔣勳每週來往於臺中、臺北兩地，靠近臺北火車站的「馬可波羅」自然成了他的最愛。

而在臺大附近的「發條橘子」裡，清大教授傅大為與王浩威正在主持《島嶼邊緣》雜誌第二期發表會。陳光興、迷走與路況等人也在現場推出「戰爭機器群」叢書。

傍晚時分，朱天文、侯孝賢、吳念真、小野與焦雄屏出現在東豐街上「客中作」喝茶。侯孝賢是此處的常客，有四部電影劇本都是在這裡絞盡腦汁想出來的。

華燈初上，初安民獨自來到汀州路極富美國風味的「藍調」，一邊喝啤酒、一邊欣賞品味獨特的爵士音樂。今天他想寫些東西，不去「再愛一杯屋」吃台菜，也不想去「石洞」找常去射鏢的張大春，只想一個人聽聽音樂；沒想到「巧遇」也來聽「藍調」的張大春。

夜幕低垂時，老瓊獨自在「四分三十三秒」吃晚飯，今夜她不想在這兒待四小時三十三分，想去「隱廬」找店主了解一下命盤。在「紅玉」吃台菜的林佛兒、林文欽、杜文靖、羊子喬，一群本土作家與畫家，則盤算著稍晚換場去充滿懷舊情調的「阿爸的情人」喝一杯。

深夜十點過後，報社記者、編輯陸續下班，「攤」與「阿才的店」紛紛熱鬧起來，返國為德國海德堡大學募捐中文書的龍應台意外地出現在「阿才的店」裡。她在工運、社運人士經常聚集的「阿才的店」，見到不少報界的朋友。

在算命作家吳東樵開的「隱廬」裡，另一夥本土作家正在喝啤酒，高重黎在這裡找到睽違多日的李三冲。「隱廬」恰如其名，連招牌都沒有，不是熟客還真找不到門路。

十一點過後，小說家楊明出現在新生南路「蝴蝶養貓」正調著酒，招呼著「人間副刊」的楊澤與時報作家群，小小的酒吧擠滿了人。原來楊明在一二三自由日頂下了「蝴蝶養貓」，從此開始了她的「文君當壚」的生涯。

平時也常來「蝴蝶養貓」捧場的詩人林彧，今天決定去他的老地盤「躲貓貓」，卻意外發現乾姊姊李昂與難得出現在酒吧的齊邦媛和林文月教授以及林水福、黃武忠，正在那兒招待來自日本出版界的朋友還有幾位翻譯家，洽談將臺灣文學作品譯介到日本的細節。林彧端著他慣喝的冰伏特加，興匆匆地加入了他們的討論。

正如林彧所說，午夜時分暫時卸下沉重的工作壓力，人人都想躲貓貓，輕鬆喝一杯，可是小小的臺北文化圈，躲來躲去最後還是都躲到一塊兒了。像「躲貓貓」這類酒吧成為熱門的文人聚集地，或許調調正對了目前臺北文人的胃吧！

原載一九九二年四月十日《中國時報》開卷版

隱地附註：

記憶裡，南京東路伊通街口的兩條巷子裡，藏著的「百鄉」和「小蜜房」也是眾多文人聚集之處，百鄉的「匈牙利牛肉」和「麥年煎魚」如今已成絕響，當年可吸引了不少文人雅士，齊邦媛老師的妹妹齊寧媛女士，也經常在「百鄉」出現，兩家《天下》的負責人，也曾是「百鄉」的常客，至於我自已，幾乎將它視為家庭餐廳；另一家「小蜜房」，是兩大報記者的最愛，袁瓊瓊、蘇偉貞、趙寧、林文義更是經常光臨。

長青照眼

評隱地《美夢成真——對照記》

張春榮

世上沒有被夢想放棄的人，只有被人放棄的夢想。隱地的夢想，是文壇的佳話。這夢想國度，即隱地「文學樹」、「文學廟」（隱地《我的宗教我的廟》），這樣的樹是向下扎根，向上延伸，每一圈年輪都是「成長」、「成熟」的橫切面，這樣的廟，以文學為中心，有「美」、有「真」，也有「善」的回流。隱地堅持夢想，一生懸命，把夢想打造成爾雅，把夢想拓展在文山字海裡，讓夢想發芽，讓夢想開花，照亮文學的沃土綠野。

大抵隱地的書寫，立足於時間推移和空間漂泊的撞擊，縱切面與橫切面織錦的「對照」上；在對照、襯托、比較中，往事並不如煙，而是歷歷在目，前事不忘，後事之師。尤其自《漲潮日》自傳（二〇〇〇），至「五十年臺灣文學記憶」年代五書（二〇一七），藉由「對照」，讓讀者目擊、體會「時間作弄人間」、「空間改變人間」；在「今昔差異」、「表裡不一」中，照見有差異有分歧才有意義，有反差有不差才有戲。及至第六十三本《美夢成真——對照記》（二〇一九），隱地無隱，直接現身說法，揭示各種不同的反差，直擊其中的意義。

全書中的「對照記」，不同於張愛玲圖與文的對照，而是「追逐與放棄」、「閱讀與生活」、「記憶與真相」、「理想與現實」、「鏡子與領悟」的獨白與對話。在點線面的穿梭與爬梳間，照見「人生沒有如果，只有因果」，各有各的機緣，各有各的曲折。誠然選擇就是命運，選擇自成因果。假如隱地當「影帝」將是銀海浮沉另一番光景；孰料隱地「走路」「去創業」，失之影壇，而收之長青文壇。兜兜轉轉，隱地無視於橫阻困境，人在框框裡，腦在框框外；即使人生多反諷，仍要選擇「做自己」。路就在腳下，逢山開路；人生就在路上，遇水搭橋，追求而不強求；窺意象而運斤，尋生律而暢發；安靜而安定，「寂寞，也不感覺寂寞」（《大人走了，小孩老了》，頁五十二），「做最好的自己」披枝散葉，曄曄青華，翠綠迄今。

全書後記謂：「人從生到死之間的路途，逃不出愛因斯坦的相對論。」（頁二三四），誠然，人生是段旅程，有「曾經」就有「如今」，今之視昔，有黑髮就有白髮，有青春就有告老；這是隱地〈十句話〉中的領悟：「人真是個絕字，一邊向左，一邊向右，一副分道揚鑣的樣子；偏又相連著，各說各話，各走各路，卻又息息相關。」（頁一六八），既相輔相成，合力向前；又相反相成，逆增上緣。自《漲潮日》迄今，隱地就在亦此亦彼，對立的統一中持續前進；向左走，向右走，反正向前走。當此之際，既「向從前看」，也「向前看」的回眸顧盼中，亦悲亦喜，享受旅程。畢竟年老和青春不是對立，而是共構統一，活下去自當「新鮮絕妙」。

就隱地「十張紙」而言，每一張紙代表十年；第六十三的《美夢成真——對照記》，屬於六個十年（二○一三—二○二○）的代表作之一。概括全書，其中特色，主要有二：一、辨認真實；二、整體宏觀。美夢成真，並非建立在沙灘上的城堡，而是一步一腳印中，逐夢踏實；走得到的是夢想，走不到的是幻想；美夢成真，照見隱地性情之真，也照見其宏觀之真，此即亮軒所稱「另類史筆」（頁二三九），亦即自謂：「老天讓我走到今天，原來是有使命要我承擔。」原來生命是用來完成使命，諄諄之言者，自有其更大的擔當。隱地常引其名句：「青春像一張落葉，生命是一場驟雨。」（頁一五六），不管生命如何若馳若驟，青春永遠飛向更年輕的臉龐，隱地仍有青春不老的心；而一本本書並不如煙，落葉並非消逝，而是化作春泥更護花，召喚著未來一顆顆青春的心，燦發的文心，持續在文學國度全力以赴，奕奕揚輝。

原載二○二○年四月號
《文訊雜誌》總號第四一四期

隱地對照記
美夢成真

我，一個龍粒著白襯頭的少年
相對於如今的老耶
啊，我驚訝的找新自己，我也驚訝地
是的，我當初是一個瘦瘦的文弱書生！
有些繁勝風，凜凜有挺拔細粗狀其的樣子
啊，本來，我就回頭驚嘆地，拍啊……

《無共鳴年代》兄弟書

隱地記事

一九三七　浙江永嘉人，農曆十一月十一日，生於上海。父：柯豪（劍侯）母：謝桂芬。

一九四四　（七歲）被送到崑山小圓莊顧家寄養。

一九四七　（十歲）母親催促父親，利用北一女教書放寒假空檔，專程坐船到上海，輾轉接我至臺北寧波西街，和母親、姊姊團聚。由於目不識丁，臨時由父親惡補，隨即入南海路國語實小讀二上，現在只記得當時和夏祖焯（夏烈）為同學。

一九四八　（十一歲）跳級轉學至公園路女師附小，讀三上，導師為從蔭棠。六年級時，讀六禮，導師王聖農；五十五年後，和小學同學張延生、馬立凡、王伯元、卓建廣、林藹庭、許炳炎、張滌生、李欣生、溫念蓉等仍能見面、聊天、聚餐，至為難得。

一九五三　（十六歲）就讀新莊實驗中學，導師姜一涵。和班上王菊楚同學成為好友。

一九五六　（十九歲）讀北投育英高中，同學竇克勤，至今為莫逆。

一九五九　（二十二歲）就讀政工幹校九期新聞系。訓導員曹建中，是我當時的精神支柱。

一九六三　軍校畢業（二十六歲）出版第一本書《傘上傘下》。

一九六七　（二十九歲）出版《隱地看小說》（大江）。

一九六八　（三十一歲）擔任林海音《純文學月刊》（第十五至二十二期）助理編輯，同時主編《青溪雜誌》（第十一至五十八期）。

創辦「年度小說選」（民國五十七至八十七年），歷時三十一年。五月，和林貴真於北投沂水園訂婚，十月十七日，於臺北僑聯賓館結婚，婚後住北投公館街二十九號之三。

一九七〇　（三十三歲）長子柯書林生。繼續住北投，前後十年。一九七二年，長女書湘，一九七四年，次子書品，均在馬偕醫院誕生。

一九七三　（三十六歲）退伍。在軍中服役十年，先後編《青溪雜誌》（前任主編魏子雲）、《新文藝月刊》（前任主編朱西甯）。擔任《書評書目雜誌》主編（自創刊號至四十九期）。

一九七五　（三十八歲）創辦爾雅出版社，最初合夥人尚有洪簡靜惠、華景彊，一年後改為獨資。得到青新大哥資助，前往歐洲遊歷三十八天，回來後出版《歐遊隨筆》。

一九八二　（四十五歲）創辦「年度詩選」。邀請張默、向明、蕭蕭、李瑞騰、張漢良、向陽輪流主編。前後十年（一九八二—一九九一）。

一九八四　（四十七歲）創辦「年度文學批評選」（一九八四—一九八八）。邀請陳幸蕙主編。

一九八八　（五十一歲）十一月二十一日，與出版同業多人前往香港，並從香港到桂林旅遊三天，相隔四十一年，終於重新踏上故國神州。開始寫「人性三書」——《心的掙扎》、《人啊人》、《眾生》語錄式小品。其中《心的掙扎》曾獲金石堂暢銷書排行榜榜首。共銷六十餘版。

一九九〇　（五十三歲）五月十七至二十九日，與純文學林海音先生、九歌蔡文甫、大地姚宜瑛、洪範葉步榮、戶外陳遠建、遠流王榮文等出版同業多人前往北京、西安、上海旅遊兩周。七月二十九至八月十四日，與內子林貴真旅歐十七天，先後到達的國家為奧地利、義大利、荷蘭、德國、瑞士和法國，並在作家呂大明家住宿兩日。

一九九一 （五十四歲）「人性三書」出版韓文版，由韓國國立江原大學中文系副教授尹壽榮翻譯。

一九九三 （五十六歲）開始寫詩；出版最後一本鉛字排版書——《翻轉的年代》。

一九九四 （五十七歲）二月，出版第一本詩集《法式裸睡》（陳義芝序）。

一九九五 （五十八歲）與詩人陳義芝受邀，前往星國參加「新加坡作家周」活動，並接受王潤華、淡瑩夫婦熱情招待。

詩人焦桐尚在《中國時報》「人間副刊」執編，大量採用我的詩作。這一年，據說，我是「人間副刊」刊出詩作最多的人。

一九九七 （六十歲）因出版爾雅叢書及「年度小說選」連續三十年，獲金石堂文化廣場「一九九七年度特別貢獻獎」。

二〇〇〇 （六十三歲）自傳體散文《漲潮日》獲聯合報「讀書人」二〇〇〇年最佳書獎（由許倬雲院士頒獎）。獲「年度詩獎」（由詩人周夢蝶頒獎）。

在天下「九三人文空間」舉辦創社二十五周年慶各項活動，也是爾雅出版社的巔峰期。

二〇〇三 （六十六歲）透過陳美桂和駱靜如老師的邀約，擔任「北一女駐校作家」。

二〇〇四 （六十七歲）《漲潮日》入選《文訊雜誌主辦專家推薦》「新世紀文學好書60本」。

二〇〇五 （六十八歲）出版隱地作品選（之二）《草的天堂》，得大陸文友黎湘萍序，自此視湘萍為知音。

十月四日，與張曉風、林清玄（一九五三—二〇一九）、簡媜、蔡詩萍，擔任由《中華日報》副刊主辦的第十八屆梁實秋文學獎散文類評審，會議召集人為羊憶玫，地點在臺北市長官邸咖啡館。

二〇〇六 （六十九歲）出版長篇小說《風中陀螺》（陳芳明序）。

九月，至山東棗莊學院參加海峽兩岸文學藝術高端論壇暨棗莊筆會，並獲院長張良成聘為棗莊學院名譽教授。

十月，被亮軒兄拉著和一些藝術界的朋友到杭州西湖，參加「相約西子湖」的活動，隨團還有體壇名主播傅達仁，當時他看來健康狀況良好，想不到十二年後成為「安樂死」的新聞人物。

二〇〇八（七十一歲）經同學丁振東將軍推薦，獲中華民國中央軍事院校校友總會，當選九十七年傑出校友，次年畫家王愷亦獲此榮譽。

二〇一〇（七十三歲）散文〈一日神〉入選九歌出版社《九十八年散文選》（張曼娟主編），並獲「年度散文獎」。

九月二十四日，獲新聞局「第三十四屆金鼎獎」圖書類特別貢獻獎。

二〇一一（七十四歲）六月四至七日，與詩人鄭愁予夫婦，蕭蕭、白靈、羅文玲、陳憲仁、蘇慧霜等前往湖北省秭歸縣屈原故里，應邀參加兩岸詩人端午詩會朗讀詩作。

六月九日，臺中惠朋國際公司購買爾雅大量圖書，贈送學校圖書館，其中一部分透過明道大學轉送給臺中二十六所學校。明道為此特別舉辦「贈百部書傳萬里情」的贈書儀式，由校長陳世雄博士主持，也邀請惠朋公司總經理王勝瑜、爾雅隱地及二十六所中學校長和圖書館主任蒞臨參加，共襄盛舉。

六月十日明道大學聯合香港大學、廈門大學、徐州師範大學共同舉辦「隱地與華文文學」兩岸三地學術研討會，在彰化明道大學國際會議廳舉行，由校長陳世雄博士和人文學院院長王大延博士及中文系主任羅文玲共同主持開幕式，會場並立即發行包括全部論文在內的《都市心靈工程師——隱地的文學心田》（蕭蕭和羅文玲合編）。

二〇一三（七十六歲）一個逐漸靠近八十歲的老者，老天還要苦其心志，看看是否仍能像少年時候，在屢遭挫折中經得起考驗。

這一年，先是自己一向引以為傲的明亮眼睛出了狀況——兩扇靈魂之窗，只剩下一隻「孤獨左眼」，民國一〇二年一月二十八日晚上，洗臉刷牙之後，眼前閃現一把似圍棋的黑子，原來就在那一剎那，「眼中風」找上我。自此從年頭到年尾，馬不停蹄地在臺北市將近六、七家眼科醫院奔走、折騰……由於全副心力放在保護兩隻眼睛——一隻好眼睛和一隻壞眼睛，似乎引起了牙齒不爽，它突然下馬威，讓我立即痛不欲生。

於是二〇一三年，又治眼疾又治牙病，成為《生命中特殊的一年》，若仔細回想，一切均有徵兆——重新翻閱二〇一二年七月二十九日和九月四日兩天的日記——〈突然成了一隻病貓〉和〈痛的跳舞症〉，早有答案，只是自以為有金剛不壞之身。

二〇一四

（七十七歲）生命有了轉折，改到書田醫院向眼科廖士傑醫師求診之後，眼壓終於穩定；第二位要感謝的是陳嘉恭牙醫師，是他使我重新能咬花生米。

二〇一五

（七十八歲）爾雅出版社創社四十周年，《文訊雜誌》封德屏與杜秀卿聯合為爾雅編了一本特輯——「爾雅不惑·文學無限」，邀請許多作家朋友寫下對爾雅的回顧和祝福。

平生三大興趣——讀小說、喝咖啡、看電影。《隱地看小說》印行四十八年後，出版《隱地看電影》。

二〇一六

（七十九歲）創業四十周年，因營業額年年萎縮，不得已自今年起，減少二分之一出書量。

完成兩本談論八百種爾雅叢書的《清晨的人》和《深夜的人》。

開始撰寫「年代五書」第一冊《回到七〇年代》。

白靈著《新詩十家論》出版。論及之十位詩人為周夢蝶、商禽、管管、瘂弦、鄭愁予、隱地、林煥彰、蕭蕭、渡也、羅智成。

四月，出版書評·書話集《手機與西門慶》。

二〇一七

（八十歲）二月上旬，青泉二哥和二嫂及女兒春萍自家鄉溫州來臺，住青新大哥家。十九日，青新哥在慶城街「潮江宴」宴請柯氏家族。這也是八十年來，二哥和我首次見面。

二月二十六日，柯家三兄弟和家人至陽明山父親墓前祭拜。

九月二十日，《回到九〇年代》出版。五十年往事追憶錄——「年代五書」全部完成。

十一月二十日，「年代五書」盒裝套書上市，以《五十年臺灣文學記憶》為總書名。

二〇一九（八十二歲）二月，出版《大人走了，小孩老了——1949中國人大災難　七十年》。

三月八日，應上海商業儲蓄銀行文教基金會和紀州庵文學森林之邀，主講〈從數學白痴到文學記錄者〉，記錄稿刊於四月出版的四〇二期《文訊雜誌》。

四月十九日晚七時半，參加國家圖書館舉辦的朗談夜。

七月，出版新書《美夢成真——對照記》。

九月，與哥哥柯青新合出《未末——兄弟書畫集》。

十二月，由詩人蕭蕭主編《隱地》（臺灣現當代作家研究資料彙編112），國立臺灣文學館出版。

二〇二〇（八十三歲）二月，與哥哥柯青新合出《畫說——兄弟詩畫集》。

五月十三日，獲第六十一屆中國文藝協會榮譽文藝獎章（詩歌）。因應疫情贈獎典禮延至十月二十四日，假臺北市三軍軍官俱樂部舉行。

六月，新詩四首，選入蕭蕭主編《新世紀二十年詩選》（九歌）。

七月二十日，出版新書《無共鳴年代》。

19.一日神	散　文	二〇一一年二月	爾雅
20.一棟獨立的臺灣房屋及其他	散　文	二〇一二年四月	爾雅

第六個十年（2013-2022）

1.2012／隱地（日記三書之2）	日　記	二〇一三年二月	爾雅
2.生命中特殊的一年	隨　筆	二〇一三年十一月	爾雅
3.出版圈圈夢	論　述	二〇一四年十二月	爾雅
4.清晨的人	書　話	二〇一五年四月	爾雅
5.隱地看電影	電影筆記	二〇一五年七月	爾雅
6.深夜的人	書　話	二〇一五年十二月	爾雅
7.手機與西門慶（作品選之5）	書　話	二〇一六年四月	爾雅
8.回到七〇年代 ——七〇年代的文藝風	文壇憶往	二〇一六年七月	爾雅
9.回到五〇年代 ——五〇年代的克難生活	文壇憶往	二〇一六年十月	爾雅
10.回到六〇年代 ——六〇年代的爬山精神	文壇憶往	二〇一七年二月	爾雅
11.回到八〇年代 ——八〇年代的流金歲月	文壇憶往	二〇一七年六月	爾雅
12.回到九〇年代 ——九〇年代的旅遊熱	文壇憶往	二〇一七年九月	爾雅
13.五十年臺灣文學記憶 ——年代五書盒裝	文壇憶往	二〇一七年十一月	爾雅
14.帶走一個時代的人 ——從李敖到周夢蝶	散文	二〇一八年七月	爾雅
15.大人走了，小孩老了 ——1949中國人大災難　七十年	散文	二〇一九年二月	爾雅
16.美夢成真 ——對照記	散文	二〇一九年七月	爾雅
17.未末（兄弟書畫集） ——和柯青新合著	書畫	二〇一九年七月	爾雅
18.畫說（兄弟詩畫集） ——和柯青新合著	詩畫	二〇二〇年二月	爾雅
19.無共鳴年代	散文	二〇二〇年七月	爾雅

2.出版心事	隨　筆	一九九四年六月	爾雅
3.法式裸睡	詩	一九九五年二月	爾雅
4.一天裏的戲碼	詩	一九九六年四月	爾雅
5.盪著鞦韆喝咖啡	散　文	一九九八年七月	爾雅
6.生命曠野	詩	二〇〇〇年一月	爾雅
7.漲潮日	自　傳	二〇〇〇年十月	爾雅
8.我的宗教我的廟	散　文	二〇〇一年七月	爾雅
9.詩歌舖	詩	二〇〇二年二月	爾雅

第五個十年（2003-2012）

1.2002／隱地（日記三書之1）	日　記	二〇〇三年六月	爾雅
2.自從有了書以後……	散　文	二〇〇三年七月	爾雅
3.人生十感	散　文	二〇〇四年五月	爾雅
4.隱地序跋	序　跋	二〇〇四年七月	古吳軒
5.十年詩選（作品選之1）	詩　選	二〇〇四年十月	爾雅
6.身體一艘船	散　文	二〇〇五年二月	爾雅
7.草的天堂（作品選之2）	散文選	二〇〇五年十月	爾雅
8.隱地二百擊	札　記	二〇〇六年元月	爾雅
9.敲門 ——爾雅三十光與塵	散　文	二〇〇六年三月	爾雅
10.風中陀螺（作品選之3）	長篇小說	二〇〇七年元月	爾雅
11.人啊人（作品選之4） ——「人性三書」合集	哲理小品	二〇〇七年七月	爾雅
12.春天窗前的七十歲少年	散　文	二〇〇八年元月	爾雅
13.我的眼睛	隨　筆	二〇〇八年五月	爾雅
14.回頭	散　文	二〇〇九年元月	爾雅
15.遺忘與備忘 ——文學年記篇	文學史話	二〇〇九年十一月	爾雅
16.朋友都還在嗎？ ——《遺忘與備忘》續記	文學史話	二〇一〇年三月	爾雅
17.讀一首詩吧	讀詩筆記	二〇一〇年九月	爾雅
18.風雲舞山	詩	二〇一〇年十一月	爾雅

隱地書目

1952.5.10 刊出第一篇習作至今已
持續寫作六十八年兩個月十天。

第一個十年（1963-1972）

1.傘上傘下	小說・散文	一九六三年四月	先：皇冠
（1952-1963）	小說・散文	一九七九年四月	後：爾雅
2.幻想的男子	小　說	一九七九年四月	後：爾雅
（一千個世界）	小　說	一九六六年八月	先：文星
3.隱地看小說	評　論	一九六七年九月	先：大江
	評　論	一九七九年四月	後：爾雅
4.一個里程	雜　文	一九六八年六月	華美
5.反芻集	讀書隨筆	一九七〇年十二月	大林

第二個十年（1973-1982）

1.快樂的讀書人	讀書隨筆	一九七五年十二月	爾雅
2.現代人生	小　品	一九七六年十月	爾雅
3.歐遊隨筆	遊　記	一九七六年十二月	爾雅
4.我的書名就叫書	隨　筆	一九七八年十二月	爾雅
5.誰來幫助我	隨　筆	一九八〇年七月	爾雅
6.碎心簷	中篇小說	一九八〇年十一月	爾雅
7.隱地自選集	選　集	一九八二年十二月	黎明

第三個十年（1983-1992）

1.心的掙扎	哲理小品	一九八四年九月	爾雅
2.作家與書的故事	作家生活	一九八五年十一月	爾雅
3.人啊人	哲理小品	一九八七年三月	爾雅
4.眾生	哲理小品	一九八九年五月	爾雅
5.隱地極短篇	小小說	一九九〇年元月	爾雅
6.愛喝咖啡的人	散　文	一九九二年二月	爾雅

第四個十年（1993-2002）

1.翻轉的年代	散　文	一九九三年十二月	爾雅

請期待
2022 年
隱地的第三本日記

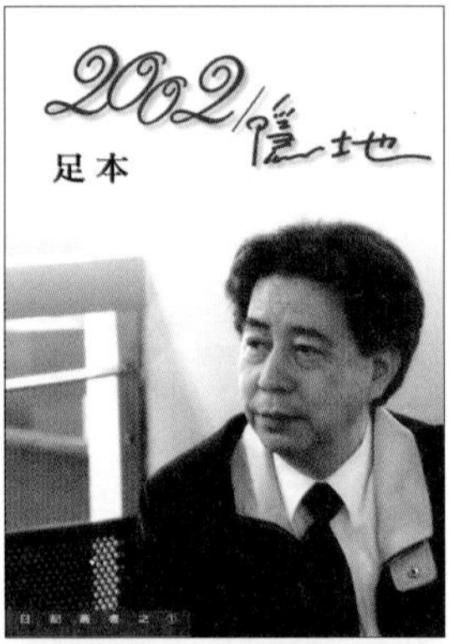

隱地說：《漲潮日》是我的縱切，而「日記三書」則是我的橫切面。

已出版的兩本日記，每本字數均在三十五萬字左右，等到第三本日記出版，單單日記，隱地就寫了近百萬字！

請期待，每隔十年出版一次的隱地第三本日記的完成並出版！

柯青新・隱地
兄弟詩畫展
以畫說話・以詩作畫
未末
兄弟青畫集
柯青新・隱地
畫說
兄弟詩畫集
柯青新・隱地
爾雅出版社

642・安魂天涯路——高秉涵送老兵回家　高艷國・趙方新　著
643・無常歌(新詩)　柳竹・柳岸　著
644・人生畢旅——照亮我人生旅途的光芒　周浩正　著
645・回到電影年代——家在戲院邊　左桂芳　著
647・亮軒書場(書話)　亮軒　著
648・回到八〇年代——八〇年代的流金歲月　隱地　著
649・我給記憶命名(散文・日記)　席慕蓉　著
650・一生中的一天——散文・日記合輯　齊邦媛　著
651・回到九〇年代——九〇年代的旅遊樂　隱地　著
・五十年臺灣文學記憶——「年代五書」盒裝　隱地　著
652・南山青松——張春榮極短篇　張春榮　著
653・2017／林文義——私語錄(日記)　林文義　著
654・飄零——子于短篇小說選　子于　著
655・帶走一個時代的人——從李敖到周夢蝶　隱地　著
656・五月花夫人——孟絲短篇小說集　孟絲　著
657・青田街七巷六號(傳記)　亮軒　著
658・昨日繾綣——林衡茂短篇小說選集　林衡茂　著
659・我們種字，你收書——文訊編輯檯的故事2(全彩)　封德屏　著
660・中山堂視野——說不盡的臺北故事(全彩)　黃國琴　編
661・回望——比雷爾與我(全彩)　江青　著
662・大人走了，小孩老了——1949中國人大災難 七十年　隱地　著
663・詩田長青(詩賞析)　李長青　著
664・古典三寶——《菜根譚》、《小窗幽記》、《圍爐夜話》　琹涵　著
665・我心傷悲，莫知我哀——散文小說合集　甘紹文　著
666・美夢成真——對照記(全彩)　隱地　著
667・日子在飛——2019／貓日記　貓兒花花　著
668・未末——兄弟書畫集(全彩)　柯青新・隱地　著
669・在風聲與水聲之間(散文)　童元方　著
670・魅力開門——漫步「臉書」真有趣(全彩)　林貴真　著
671・鄉野隨想——2019/7-12月日記　吳敏顯　著
672・畫說——兄弟詩畫集(全彩)　柯青新・隱地　著
673・天才的印記——常玉外傳(長篇小說)　刁卿蕙　著
674・無共鳴年代——散文(全彩)　隱地　著
675・我歌我唱——散文(全彩)　江青　著

爾雅新書

612．早起的頭髮(新詩) 向明著
613．出版圈圈夢(散文) 隱地著
614．六個女人在紐約(長篇小說) 張漈生著
615．讀書會逛「臉書」(圖文書．全彩) 林貴真著
616．清晨的人——爾雅四十周年回憶散章 隱地著
617．臺灣詩人的囚與逃——以商禽、蘇紹連、唐捐為例 夏婉雲著
618．碧娜花園(新詩) 劉道一著
619．就是愛爾雅——賀爾雅創社四十周年 張世聰著
620．隱地看電影(電影筆記) 隱地著
621．千年之淚——當代臺灣小說論集 齊邦媛著
622．觀海——桑恆昌小詩選 桑恆昌著
623．北緯一度新加坡(散文) 衣若芬著
624．胡蘭成．天地之始(評傳) 薛仁明著
625．我存在，因為歌，因為愛(新詩) 鄧禹平著
626．中外名人智慧語(賞析) 張春榮．顏荷郁譯著
627．天清地寧(散文) 薛仁明著
628．小鎮醫生的愛情(長篇小說) 蕭颯著
629．金瓶梅中之富商西門慶(評論) 蕭颯著
630．深夜的人——爾雅四十周年回顧續篇 隱地著
631．說愛蓮(傳記) 江青著
632．熱帶女子迷航誌(散文) 梁金群著
633．孔子隨喜(散文) 薛仁明著
634．順成之路(傳記) 吳順成口述．侯延卿撰稿
635．手機與西門慶——隱地書話選 隱地著
636．回到七〇年代——七〇年代的文藝風 隱地著
637．讀書會「共舞」樂(圖文書．全彩) 林貴真著
638．慢讀王維(散文) 琹涵著
639．心的流淌(散文) 王幼華著
640．回到五〇年代——五〇年代的克難生活 隱地著
641．回到六〇年代——六〇年代的爬山精神 隱地著

國家圖書館出版品預行編目資料

無共鳴年代 / 隱地著. -- 初版. -- 臺北市：
爾雅, 民 109.07
面； 公分. -- (爾雅叢書；674)

ISBN 978-957-639-645-8 (平裝)

863.55　　109009229

爾雅題字：王北岳　爾雅篆印：張慕漁

封面設計：嚴君怡

無共鳴年代（爾雅叢書之674）

著者：隱地

校對：隱地・郭明福・彭碧君

發行人：柯青華

出版・發行：爾雅出版社有限公司
臺北郵政三〇—一九〇號信箱
臺北市中正區一〇〇八二
廈門街一一三巷三十三之一號一樓
電話：二三六五四〇三六　傳真：二三六五七〇四七
郵政劃撥：〇一〇四九二五—一
網址：http://www.elitebooks.com.tw
E-mail: elite113@ms12.hinet.net

法律顧問：蕭雄淋律師（北辰著作權事務所）
臺北市潮州街一一六號六樓

印刷者：欣佑彩色製版印刷股份有限公司
新北市中和區立德街二十六巷十七弄七號

二〇二〇（民一〇九）年七月二十日初版
行政院新聞局版臺業字第〇二六五號

定價330元（如有破損或裝訂錯誤請寄回本社更換）

ISBN 978-957-639-645-8